# পাঁচটি ছোট গল্প

অপর্ণা ঘোষ

উৎসর্গ

আমার দিদিমণি, যাঁরা শান্তিধামে বসে এই বই পড়বেন, তাঁদের হাতেই দিলাম।

# সূচীপত্র


পূর্বকথা ......................................... vii

স্বীকৃতি ......................................... ix

লেখক পরিচিতি ......................................... xi

১. তিন বিধাতার খেয়াল ......................................... 1

২. দিক্‌দর্শন ......................................... 19

৩. বোন - দিদির ভালোবাসা ......................................... 35

৪. কলি ......................................... 51

৫. কাল মহিমা ......................................... 63

# পূর্বকথা

ছোট গল্পের প্রতি আমার ভীষণ টান। প্রীতিদিও বললেন - " অপর্ণা গল্প লেখা শুরু করো। তোমার চারপাশের পরিবেশ, চিন্তাধারা, তাতে উঠে আসবে। " সত্যিই একদিন গল্প লিখতে বসে গেলাম। তৈরী হলো পাঁচটি ছোট গল্প।

# স্বীকৃতি

যাঁদের সাহায্য ছাড়া এই বই প্রকাশ পেত না, তাঁদের মধ্যে অন্যতম হলেন শ্রী সৌমেন সরকার। তাঁর সাহায্য ছাড়া, আমি এক পা-ও এগোতে পারি না। এই বই প্রকাশের পিছনে আছেন শ্রীমতী তনয়া চক্রবর্তী, মহিষপোতা গার্লস স্কুলের শিক্ষিকা। আমার যাবতীয় কঠিন কাজে, আমি সর্বদাই তাঁকে পাই। আর আছেন শ্রীমতী নীতা মন্ডল, মুর্শিদাবাদের বেলডাঙ্গার শরৎপল্লী বালিকা বিদ্যালয়ের শিক্ষিকা। তিনি আমার দিদি, আমার শুভাকাঙ্ক্ষী। তিনিই আমাকে লেখার কাজে সাহস যোগান।

আপনাদের সকলের সাহায্যেই আমি আমার এই কাজ সুসম্পন্ন করতে পেরেছি। আমি অন্তর থেকে আপনাদের শুভকামনা করি, ধন্যবাদ জানাই।

# লেখক পরিচিতি

অপর্ণা ঘোষ

জন্ম ১৩৮০ বঙ্গাব্দের ২২ শে বৈশাখ, মুর্শিদাবাদের রুকুনপুর গ্রামে। ছোটবেলা কেটেছে পৈতৃকবাড়ি মুর্শিদাবাদের বেলডাঙ্গাতে। বেলডাঙ্গা হরিমতি উচ্চবালিকা বিদ্যালয় এবং কাশিমবাজার রাজ গোবিন্দসুন্দরী বিদ্যাপীঠে পড়াশোনা করেন। বহরমপুর গার্লস কলেজ থেকে ইতিহাসে স্নাতক হন। রবীন্দ্রভারতী বিশ্ববিদ্যালয় থেকে স্নাতোকোত্তর ডিগ্রী লাভ করেন। ছোটবেলা থেকেই সাংস্কৃতিক জগতের প্রতি আগ্রহ ছিল এবং সেদিকেও বিশেষ কৃতিত্ব অর্জন করেন। সারা বাংলা আবৃত্তি প্রতিযোগিতায় রাজ্যে প্রথম স্থান অধিকার করেন। ছোটোবেলায় গান শিখলেও পরবর্তীতে তা বন্ধ করে দেন। বিবাহের পরে, স্বামী সৌমেনের আগ্রহে গানের প্রতি মনোযোগ বাড়ে। বাবা মায়ের শিক্ষা ছাড়াও, বেলডাঙ্গা হরিমতি উচ্চ বালিকা বিদ্যালয়ের শিক্ষিকা প্রীতিদি, সান্ত্বনাদির শিক্ষা ও আদর্শে নিজেকে গড়ে তুলেছেন। লেখার প্রতি আগ্রহ প্রীতিদি-ই মনের মধ্যে জাগিয়েছেন। সেই সঙ্গে সৌমেনের উৎসাহ, সাহস নিজের মনের কথাকে প্রকাশে বিশেষ সাহায্য করেছে।

# ১. তিন বিধাতার খেয়াল

" উঠে পড়ো ভোলে বাবা, দ্যাখো তোমার মুন্নুদিদিকে রাজপুত্র বিয়ে করে নিয়ে গেল, ওঠো, ওঠো, " মা ঠেলে ঠেলে ছেলের ঘুম ভাঙ্গানোর চেষ্টা করল।

ভোলেবাবা চোখ খুলে বলল - " এখনতো রাত্রি। "

মা বললো - " রাত্রি নেই বাবা, ভোর হয়ে আসছে। উঠে পড়ো। মুন্নুদিদি শ্বশুর বাড়ি যাচ্ছে, দেখবে না? "

ভোলেবাবা এবার ধড়পড় করে উঠে বসলো। শ্বশুর বাড়ি! কেন যাচ্ছে?

মা বলল - " রাত্রে রাজপুত্র এসে মুন্নুদিদিকে বিয়ে করেছে, এখন শ্বশুর বাড়ি নিয়ে যাচ্ছে। "

ভোলেবাবার বয়স পাঁচ বছর। এখনও সে মুনুদিদির কোলে চড়ে, মুনুদিদির হাত ধরে সারা পাড়া ঘুরে বেড়ায়। সেই মুনুদিদি চলে যাচ্ছে শুনে, মাকে বলল - " নিয়ে চলো আমাকে মুনুদিদির কাছে। "

ভোলেবাবা দেখলো মুনুদিদি লাল শাড়ি পরে আছে। গয়নার দিকে নজর গেল না। দেখলো মাথায়, গোপালের মুকুটের মতো সাদা রঙের মুকুট। বর সাদা রঙের টুপি মাথায় দিয়েছে। একঝটকায় মায়ের হাত ছাড়িয়ে, দৌড়ে মুনুদিদির কাছে চলে গেল। মুনুদিদিকে জড়িয়ে ধরে বলল - " তুমি শ্বশুর বাড়ি যাবে না। "

মুনুও ভোলেবাবাকে কোলে তুলে জড়িয়ে ধরে কাঁদতে শুরু করলো।

মুনমুন শ্বশুর বাড়ি এল। সম্পূর্ণ অপরিচিত একটা বাড়ি। বাড়ির কাউকে সে চেনে না। বরের সাথে একটা কথাও হয়নি। বিয়ের অনেক আগে, বরের সাথে একবার চোখাচোখি হয়েছিল। তবে লজ্জায় সে বিশেষ তাকায় নি। তার বাড়ির কেউ তার সাথেও আসে নি। যেভাবে বিয়ে হলো!   সেই পরিস্থিতিতে কে আসবে তার সঙ্গে?

তবে, এ বাড়ির লোকজনকে মুনমুনের ভালোই লাগছে। সবাই খেয়াল রাখছে তার। গ্রামের লোকেরা ভিড় করে নতুন বৌ দেখতে আসছে। নহবত বসেছে বাড়িতে। অনুজ ভগীরথপুরের ঘোষ বাড়ির একমাত্র বংশধর। জ্যেঠু, কাকু, মাসি, দিদিরা সবাই তাকে খুব ভালোবাসে। অনুজও অনেকবার খোঁজ নিয়েছে তার, কিছু দরকার হলে, ফোন করে তাকে ডাকতে বলেছে।

ভালোবাসার মতোই ছেলে অনুজ। গ্রামের স্কুলের ফার্স্ট বয়। যাদবপুর থেকে ইঞ্জিনিয়ারিং পাশ করে দিল্লিতে চাকরি করছে। এরকম একজন ছেলে নিজের বিয়ের জন্য মেয়ে পছন্দ করে উঠতে পারলো না। তার কাকুর মেয়ে সৃজা ভবিষৎবাণী করেছিল - " দাদা তোর বিয়ে হবে না, তুই এবার আমার বিয়ের ব্যবস্থা কর। "

সেই সৃজা এখন দাদার বিয়েতে খুব আনন্দ করছে। নতুন বৌদি খুব ভালো, দেখতেও একেবারে লক্ষ্মী ঠাকুরের মতো।

ছোট পিসি দৌড়ে দৌড়ে এসে বললো - "হ্যাঁ রে মুনমুন, তোকে কেউ খেতে টেতে দিয়েছে? নাকি, খালি পেটে বসে আছিস? মুনমুন লজ্জায় মাথা নিচু করে জানালো - " সে খেয়েছে। "

এবার ছোট পিসি চোখ নাচিয়ে গর্ব করে বলল - " দেখেছো আমার চয়েস, কেমন সুন্দর বৌমা এনেছি। আগের মেয়ের চেয়ে ঢের সুন্দর। ওসব বি এ, এম এ পাশ দিয়ে কি হবে? দেখলে তো মেয়ের কত গুণ! বিয়ের রাতে মাতলামি! আগে বলতে পারলি না, আমার অনু খুব বাঁচা বেঁচেছে। ভাগ্যিস এত ডামাডোলের মধ্যে আমার মুনমুনের কথা মনে পড়ল। এত ভালো

লেগেছিলো মেয়েটাকে, সেদিনই আমি ওর সব খোঁজখবর নিয়ে এসেছিলাম। একেই বলে জন্ম - মৃত্যু - বিয়ে তিন বিধাতা নিয়ে। "

অনুজের বিয়েটা একেবারে সিনেমার গল্পের মতো। অনুজ নিজে কোনো মেয়ে পছন্দ করতে পারে নি। তার জন্য বাড়ির লোক, আত্মীয় স্বজনের কাছে তাকে প্রচুর কথা শুনতে হয়েছে।

নিরপেক্ষ দৃষ্টিতে বিচার করলে, এর জন্য অনুজকে কোন ভাবেই দায়ী করা যায় না। ছোটবেলা থেকেই সে শুনে এসেছে - আমাদের বংশের একমাত্র ছেলে তুই। তোর বৌ এরকম হবে, ওরকম হবে। যে, সে মেয়ে ঘরে আনলে তুলবো না। শহুরে মেয়ে চলবেই না। তাদের রুচি, আদব কায়দা আলাদা। এ বাড়ির রীতি -রেওয়াজ, নিয়ম কানুন কোন কিছুই তারা মানবে না।

ছোটবেলা থেকে এই মন্ত্রপাঠ শুনে যে ছেলে বড় হয়েছে, সে কোন সাহসে ভর করে নিজের জন্য পাত্রী পছন্দ করবে? কলকাতায় গিয়ে, দু'একজনকে তার বেশ পছন্দ ছিল। বাড়ির কথা মনে করে, বেশি দূর এগোয় নি।

বাড়ির লোকেরা যেমন তাকে পছন্দ করে, সেও বাড়ির লোকেদের ভীষণ ভালোবাসে, সম্মান করে, তাঁদের কথার অবাধ্য হতে সে পারবে না। বিশেষ করে বড়মা, তাকে চোখে হারায়। শুধু খাবার নয়, যে কোনো জিনিসের সবচেয়ে ভালোটা, অনুজের জন্য তুলে রাখে। বড়মার মনে কোন দুঃখ দিতে সে পারবে না।

চাকরি পাবার পর, বাড়ির সকলে মিলে তাঁদের আদরের অনুজের জন্য পাত্রী খুঁজতে লাগলো। লেখাপড়া জানা তো হতেই হবে। অন্ততঃ বিএ পাশ। খুব গরীব ঘরের মেয়ে নেবে না। অর্থের জন্য নয়। ভগবানের আশীর্বাদে তাঁদের যথেষ্ট আছে।

ভাগীরথপুরের নামজাদা বনেদি পরিবারের মানুষ তারা। আসলে গরীব বাড়ির মেয়েরা অনেক অর্থ দেখলে কেমন বদলে যায়। সেই সরলতা আর থাকে না। পোশাক, আচার ব্যবহার সবেতেই অহংকার প্রকাশ পায়। তাই গ্রামের তো অবশ্যই, সেই সাথে জাত - কুল - বংশ মর্যাদা বিবেচনা করে বনেদি বাড়ির মেয়েই তাঁরা খুঁজে বেড়াচ্ছিলেন।

অবশেষে খুঁজে পাওয়া গেল। আমিনাবাদের বেশ বনেদী বাড়ির মেয়ে রুনু। বহরমপুর গার্লস কলেজে পড়ে। বাংলায় অনার্স, থার্ড ইয়ার। গার্লস কলেজের হোস্টেলে থাকে। গায়ের রং ফর্সা, মাথাতেও অনেক চুল আছে। দুই বোন, ছোটবোন মাধ্যমিক দেবে।

এখন গরমের ছুটি, রুনু বাড়িতে আছে। অনুজের বড়মা, ছোট কাকা, ছোট পিসি, পিসেমশাই, বড় মাসি সকলে মিলে মেয়ে দেখতে গিয়েছিলেন। সকলেরই মেয়ে ভীষণ পছন্দ। অনুজ কে খবর পাঠানো হল। দিল্লি থেকে সে ফিরলে সকলে মিলে মেয়ের বাড়ি গিয়ে পাকা কথা বলে আসবেন।

শুভদিন দেখে, অনুজকে নিয়ে বাড়ির বড়রা আমিনাবাদ গেলেন পাকা দেখা আর বিয়ের পাকা কথা বলতে। সেদিন ঘোষ বাড়ির কিছু আত্মীয় স্বজন, বন্ধু বান্ধবও গিয়েছিলেন। অনুজের বাবা -মা'ও গেছেন এবার। আর গেছেন ছোট পিসি -পিসেমশাই। তাঁরা ছাড়া ঘোষ বাড়ির কোন কাজই হবে না।

এদিকে পাড়ায় খবর হয়ে গেছে- রুনুর বর, শ্বশুর, শাশুড়ী এসেছেন রুনুকে দেখতে। ব্যাস, গ্রামের মেয়ে, বৌ, ঠাকুমা, দিদিমারা ঘোমটা টেনে হাজির হয়েছে বর দেখতে। এত মেয়ে, বৌ-দের ভিড়ের মাঝে, অনুজের চোখ পড়ল লাল রঙের সালোয়ার কামিজ পড়া ফর্সা, লম্বা সুন্দরী একজন মহিলার দিকে। ছোট বাচ্চার হাত ধরে আছে। অনুজের মনে হল, মেয়েটি বাচ্চাটিকে তাঁকেই দেখাচ্ছে। চোখাচোখি হতেই, সেই মেয়ে লজ্জা পেয়ে চোখ নামিয়ে নিল।

সরলতায় ভরা বড় বড় দুখানি চোখ অনুজ মুগ্ধ হয়ে দেখছিল। কিন্তু সে তো আর তাকালো না। অনুজ মনে মনে চাইছিল আর একটি বার তার দিকে তাকাক। কিন্তু সে মেয়ে হেসে হেসে অন্যদের সঙ্গে কথা বলে চলেছে। তার চাউনির কেউ প্রতীক্ষা করছে, সে কথা সে জানবে কেমন করে?

অনুজের ছোটো পিসিরও নজর পড়ল মেয়েটির দিকে। ভাবল - কি সুন্দর দেখতে মেয়ের বাবা! শাড়ি পরে থাকলে পুরো লক্ষ্মী প্রতিমা! হাসলে আরো সুন্দর লাগছে। যাকে দেখতে এসেছে, এ মেয়ে তার চেয়ে অনেক বেশি

সুন্দর। ছোট পিসি আর বসে থাকতে পারলো না। মেয়েটি সম্পর্কে খোঁজ নেবার জন্য উঠে এলো।

ছোট পিসি যে খবরগুলো সংগ্রহ করলো তা হল - মেয়েটির নাম মুনমুন। বাবার নাম গৌড় ঘোষ। মুনমুন উচ্চমাধ্যমিক পরীক্ষা দিয়েছে। রেজাল্ট এখনো বের হয়নি। এই গ্রামে " সাবিত্রী বস্ত্রভাণ্ডার " নামে ওদের একটা জামাকাপড়ের দোকান আছে। গ্রামের সব মানুষ তো আর শহরে যেতে পারে না। তাদের দোকান থেকেই কেনাকাটা করে। কিছু জমিজমাও আছে। তবে গৌড় বাবু জমিজমা দেখাশোনার সময় পান না। তাই ভাগে দেওয়া আছে।

মুনমুনের জেঠু আছেন, পাশেই থাকেন। দুই পিসি। তাঁদের বিয়ে হয়ে গেছে। তবে ছোট পিসিকে মুনমুনের বাবা নিজের কাছে নিয়ে এসে রেখেছেন। কারন শ্বশুর বাড়ির লোকজন ভালো নয়। ছোট পিসিকে তার বর মারধর করে। ঠাকুমা - দাদু তাদের কাছেই থাকেন।

বনেদী পরিবার না হলেও মুনমুন আর তার পরিবারকে ছোট পিসির মনে ধরে গেল। কথা দেওয়া হয়ে গেছে তাই, তা নাহলে এই মেয়ের সঙ্গেই অনুজের বিয়ে দিতেন।

ওদিকে মুনমুনকে দেখার পর থেকে অনুজের চোখের সামনে মুনমুনের হাসি মুখটাই বারবার ভেসে উঠছে। যাকে দেখতে এসেছে, সেই রুনুকে ভালো করে চেয়েও দেখলো না। দেখেই বা কি হবে? বাড়ির লোকেরা যখন ঠিক করেছে, তখন এই মেয়েকেই তাকে বিয়ে করতে হবে।

মেয়ে দেখে বাড়িতে ফেরার পর থেকেই অনুজ নিজেকে কেমন একটা গুটিয়ে নিয়েছে। উদাসী, মনমরা হয়ে ঘুরে বেড়াচ্ছে। কারো সঙ্গে বিশেষ একটা কথা-বার্তাও বলছে না। বড়মা ছেলের এই পরিবর্তন লক্ষ্য করেছে। তবে কারণ খুঁজে পায় নি। ভাবলো - সামনেই বিয়ে, অন্য রকমের নতুন একটা সংসারী জীবন শুরু হবে, সেই ভয়েই এমনটা হয়ে গেছে।

ছোট পিসিতো মেয়ে দেখে এসে, পরের দিন সকালে বেলেই ফেললো - " কি সুন্দর এক লক্ষ্মী প্রতিমা দেখে এলাম! আগে খোঁজ পেলে, এই মেয়ের

সঙ্গেই অনুজের বিয়ে দিতাম। আমি সব খোঁজ খবর নিয়েছি, কেউ ভালো পাত্রীর সন্ধান করলে আমি এই মেয়ের খবর দেব। "

ছোট পিসির কাছ থেকে সবাই মুনমুনের গল্প শুনলো। অনুজের মা'কে মুনমুনের কথা জিজ্ঞাসা করা হলে তিনি বললেন - " আমার চোখে পড়েনি ছোটোর লক্ষ্মী প্রতিমাকে। আমি তো রুনুকে দেখছিলাম, বেশ সুন্দর দেখতে রুনু। আমার খোকার সাথে খুব ভালো মানাবে। "

ছোট পিসি সঙ্গে সঙ্গে উত্তর দিলো - " মুনমুন হলে হর -পার্বতী জুড়ি হয়ে যেত বৌদি। "

যাই হোক ১১ই জ্যেষ্ঠ বিয়ের দিন ঠিক হয়েছে। ভীষণ গরম। অনুজ একবাস বরযাত্রী নিয়ে, ধুতি, পাঞ্জাবি টোপর পরে রুনুকে বিয়ে করতে গেল। অনুজ অবশ্য একদিনও, একটি বারের জন্যও মুনমুনের মুখটা ভুলতে পারে নি। চোখ বন্ধ করলেই চোখের পর্দায় ভেসে ওঠে মুনমুনের হাসি মুখ। যে মেয়ের জন্য অনুজের জীবন তোলপাড় হয়ে যাচ্ছে, সে মেয়ে কি, তার কিছুমাত্র টের পাচ্ছে?

সত্যি কথা বলতে কি - অনুজের দিকে তাকিয়ে লজ্জায় মুনমুন দৃষ্টি সরিয়ে নিলেও, তার মনে একটা ঝড় উঠেছিল। সে ঝড়ের গতি এই কদিনে এতটুকু কমে নি। মুনমুন ভাবছিল - এ কি জ্বালা হল তার! রুন্নু দিদির বর অত সুন্দর একজন মানুষ, তার মনে কেন আসে বারবার!

বর বিয়ে করতে মেয়ের বাড়ি পৌঁছে গেল। বিয়ের লগ্ন রাত্রি দেড়টার সময়। গ্রামের রাস্তা একেবারেই ভালো নয় তাই নির্বিঘ্নে পৌঁছানোর জন্য অনুজেরা তাড়াতাড়ি বেরিয়েছিল। রাস্তা থেকেই শাঁখ বাজিয়ে, উলু ধ্বনি দিয়ে, মিষ্টি মুখ করিয়ে জামাই বরণ করে ঘরে তোলা হল।

এবার বিয়ের কনে আশীর্বাদ করার পর্ব। ছেলের বাড়ির নিয়ম অনুযায়ী বিয়ের রাতেই মেয়ে আশীর্বাদ করা হয়। তাই ছেলের বাড়ির লোকেরা আশীর্বাদ করার জন্য মেয়ের কাছে যেতে চাইলো। কিন্তু মেয়ের বাড়ির লোকেদের কোন উদ্যোগ নেই। এ ওর দিকে চাওয়া চায়ি করছে। হ্যাঁ, নিয়ে যাচ্ছি, চলুন, বলে কোথায় সরে পড়ছে।

অনুজের জ্যেঠু ধৈর্য হারিয়ে মেয়ের বাবাকে বললেন - " দাদা আমরা তো অনেকক্ষণ ধরে অপেক্ষা করছি। এবার মেয়ের কাছে নিয়ে চলুন। আশীর্বাদ পর্ব টা সেরে ফেলি। "

মেয়ের বাবা আমতা আমতা করে বললেন - " হ্যাঁ, হ্যাঁ চলুন, নিয়ে যাচ্ছি। "

মেয়ের বাবার পিছু পিছু গিয়ে, তাঁরা এক আশ্চর্য দৃশ্য দেখতে পেলেন। বিয়ের কনে সেজে-গুজে ঘরের দরজা বন্ধ করে মাতলামি করছে। ঘরের ভিতর থেকেই বলছে - " আমি এ বিয়ে করবো না, তোমরা কেন এসেছো? চলে যাও। আমার সমীর এসে গেছে। কাল এসে ও আমায় নিয়ে যাবে। "

অনুজের জ্যেঠু তো হতবাক। বিয়ের রাতে এমন ঘটনা কখনো ঘটতে পারে, কল্পনাতেও আনতে পারেন না। ছেলের বাড়ির লোকেরা বুঝতেই পারছেন না এখন তাঁদের কি করা উচিত। মেয়ের বাড়ির লোকেদের ধরে কেউ কেউ দু-চারটে খারাপ কথাও শুনিয়ে দিয়েছেন।

মেয়ের বাবা অসহায় হয়ে এক জায়গায় দাঁড়িয়ে আছেন। অনুজের বড় পিসি এবার মেয়ের বাবাকে ধরলেন। বললেন - " কি দাদা, মেয়ের বিয়েতে

মত নেই, আপনি জানতেন না? আপনার মেয়ের তো পাত্র ঠিক করা আছে। কাল বিয়ে হয়ে যাবে। আমাদের ছেলেটার কি হবে? বংশের একমাত্র ছেলে, সে কিনা লগ্ন ভ্রষ্ট হবে? আত্মীয় স্বজন, গ্রামের লোকেদের কাছে আমরা মুখ দেখাবো কি করে? "

এই গন্ডগোল চেঁচামিচির মধ্যে অনুজের ছোট পিসি রুনুর সম্পর্কে সমস্ত খবর সংগ্রহ করে হাজির হলো। বাড়ির সবাইকে আসল খবর জানালো - রুনুর সঙ্গে সমীরের সম্পর্ক অনেক ছোট বয়স থেকেই। গ্রামের সকলেই তাদের সম্পর্কের কথা জানে। সমীর কলকাতায় ন্যাশনাল মেডিকেল কলেজে ডাক্তারি পড়ে। এখনো পড়া শেষ হয় নি। রুনু সমীরকে জানিয়েছে বাড়ির লোকেরা জোর করে তার বিয়ে দিয়ে দিচ্ছে। বিয়ের দিন পর্যন্ত সে সমীরের জন্য অপেক্ষা করবে। সমীর না এলে আত্মহত্যার ব্যবস্থা তার ঠিক করা আছে।

আজ দুপুরেই সমীর এসেছে। রুনুর কাছে কারো হাত দিয়ে ট্যাবলেট জাতীয় কি একটা ওষুধ পাঠিয়েছিল। সেটা খেয়ে রুনু এই মাতলামি জুড়েছে।

ছোট পিসি সবাইকে অবাক করে দিয়ে বললো - " এখানে দাঁড়িয়ে থাকলে চলবে? আমার মেয়ে ঠিক করা আছে। সে মেয়ে আরো সুন্দরী। দ্যাখো কেমন লক্ষ্মী  প্রতিমার সঙ্গে আমাদের ছেলের বিয়ে দিই। "

সবাই তো হতবাক। জানতে চাইলো – " কোথা থেকে মেয়ে জোগাড় করলে?"

ছোট পিসি হেসে হেসে উত্তর দিল - " আমি জোগাড় করিনি? ভগবান আগে থেকেই এ জুড়ি ঠিক করে রেখেছিলেন। "

ছোট পিসি যখনই বুঝেছে এ বিয়ে হবার নয়, এক সেকেন্ড সময় নষ্ট করেনি। মেয়ের বাড়ির একজনকে পাকড়াও করে বলেছে - " আমাকে গৌর ঘোষের কাপড়ের দোকানে একটু নিয়ে যাবেন? একটা জিনিস কেনার আছে, খুব দরকারী। "

ভদ্রলোক বললেন - " এত রাত পর্যন্ত দোকান খোলা আছে কিনা জানি না। তবে গৌড়দা মানুষ খুব ভালো। দোকানের কাছেই উনার বাড়ি। দোকান বন্ধ করে দিলেও বাড়ি থেকে এসে, দোকান খুলে জিনিস দেন। আসুন, আমি আপনাকে নিয়ে যাচ্ছি। "

ছোট পিসি ভদ্রলোককে নিয়ে সোজা গৌড় ঘোষের কাপড়ের দোকানে হাঁটা দিল। উনি তখনো দোকান বন্ধ করেন নি। ছোট পিসি দোকানে উঠে গৌড় ঘোষের মুখোমুখি দাঁড়িয়ে বলল - " আপনি গৌড় ঘোষ?"

ভদ্রলোক রাত দুপুরে এমন সুসজ্জিত ভদ্র মহিলার তদন্তে ভ্যাবাচ্যাকা খেয়ে গেলেন। নিজেকে একটু সামলে নিয়ে বললেন - " হ্যাঁ, আমিই গৌড় ঘোষ। আপনি কি কিছু বলবেন? "

এবার ছোট পিসি হাত জোড় করে ঝড়ের গতিতে বলে চলল - " আপনাকে এখন আমাদের ভীষণ প্রয়োজন। শুনেছি আপনি ভীষণ উপকারী, ভালো মানুষ। দয়া করে যদি আমাদের এই উপকারটা করেন, বড় ভালো হয়। "

ভদ্রলোক ছোট পিসির এই কাতর আবেদনে আরো ঘাবড়ে গেলেন। ছোট পিসি কি বলতে চাইছে, কিছুই বুঝতে পারলেন না।

এবার ছোট পিসি আসল কথা পাড়লো। " আমি ভগীরথপুরের অবনী ঘোষের মেয়ে আমলা বসু। আমার মেজদা সঞ্জয় ঘোষের একমাত্র ছেলে অনুজ ঘোষের বিয়ে ঠিক হয়ে ছিল আপনাদের পড়শি দীননাথ ঘোষের একমাত্র মেয়ে রুনঝুন ঘোষের সঙ্গে। আজ আমাদের ছেলে বিয়ে করতে এসে জানতে পারে, রুনঝুন গ্রামের সমীর নামের কোন ডাক্তারী পড়ুয়া ছেলেকে বিয়ে করবে। তার অমতে বিয়ে, তাই সে, বিয়ের রাতে দরজা বন্ধ করে মাতলামি শুরু করেছে। আমাদের ছেলেটার কথা ভাবুন, এতবড়ো অপমান! আমাদের মান-সম্মান বলে কি কিছু থাকলো? "

গৌড় ঘোষ ঘটনা শুনে অত্যন্ত ব্যথিত হলেন। মাথা নিচু করে মনমরা স্বরে বললেন- " কিন্তু দিদি, আমি কি ভাবে এখানে সাহায্য করতে পারি? "

ছোট পিসি উত্তেজিত হয়ে বলল - " দাদা একমাত্র আপনিই পারেন, এই বিপদ থেকে আমাদের বাঁচাতে। রুনুকে দেখতে এসে আমি আপনার মেয়েকে দেখেছিলাম, অত্যন্ত লক্ষ্মীশ্রী। আপনারাও অতি ভদ্র, সজ্জন মানুষ। "

ছোট পিসি কোনো রাখঢাক না করে দ্রুতগতিতে বলে গেলো " আপনার মেয়ে মুনমুনের সঙ্গে, আজকের এই লগ্নে অনুজের বিয়ে দিলে, আমাদের ছেলেটা লগ্নভ্রষ্ট হওয়া থেকে বেঁচে যায়। আমরা যতই মডার্ণ হই না কেন, পাঁজি, পুঁথি, নিয়ম কানুন কিছুই ফেলতে পারিনি। আমাদের ছেলেটা শহরে থাকলেও, আজও গ্রামের ছেলে হয়েই আছে। তা, না হলে ওর মতো ছেলে, বাড়ির লোকেদের কথা মেনে বিয়ে করে!  বাড়ির লোকের কথা শুনতে গিয়েই আজ ছেলেটার এই অবস্থা। "

গৌড় ঘোষ চিন্তিত মুখে বললেন - " মেয়েটার আমার কিছুদিন থেকে শরীরটা ভালো যাচ্ছে না। কালী আবার বলল - আজ ওর জ্বর এসেছে। "

" কালী কে? " ছোটোপিসি জানতে চাইল।

গৌড় ঘোষ বললেন - " কালী আমার ছোট বোন। বিয়ে দিয়েছিলাম। বিয়েটা সুখের হল না। নিয়ে এসেছি আমার কাছে। মুনমুনকে সে-ই ছোটবেলা থেকে কোলে পিঠে মানুষ করেছে। "

মন খারাপ নিয়ে, খুব গম্ভীর স্বরে গৌড় ঘোষ বললেন - " চলুন বাড়ির দিকে, দেখি বাড়ির লোকেরা কি বলে? "

বাড়িতে সবাই ঘুমাচ্ছে। শুধু ওনার স্ত্রী সান্ত্বনা দেবী জেগে আছেন। আস্তে আওয়াজ দিয়ে টিভি দেখছিলেন। পায়ের আওয়াজ শুনে, উঠোনের কুকুরগুলো ঘেউ ঘেউ করে ডাক জুড়ে দিলো।

সান্ত্বনা দেবী ঘর থেকে বেরিয়ে এসে, এত লোকজন দেখে হতভম্ব হয়ে গেলেন।

গৌড় ঘোষ ওনাদের ভেতরে আসতে বললেন। পরে সান্ত্বনা দেবীর দিকে তাকিয়ে বললেন - " ভেতরে চলো সব বলছি। "

সব কিছু শুনে সান্ত্বনা দেবী বললেন - " সবই তো ভালো, কিন্তু আমাদের তো কোন যোগাড় যান্তি নেই। এই বিয়ে হবে কি করে? তাছাড়া কালী এ বিয়েতে রাজী হবে কিনা জানিনা। মেয়েরও তো মতামত নিতে হবে। "

গৌড় বাবু বললেন - " ঠিক আছে, ঠিক আছে। তুমি মুনমুনকে আগে ঘুম থেকে তোলো। সবটা জানাও। আমিও যাচ্ছি। "

কালী পিসি, ঠাম্মা দুজনেই এ বিয়েতে সায় দিয়েছেন। কালী পিসি বললেন - " কি রে মুন্নু, বিয়ে করবি? বর নিজে এসেছে তোকে বিয়ে করতে। শিক্ষিত বনেদি পরিবার। ছেলে ভালো চাকরি করে। অবশ্য দেখতে কেমন জানিনা।"

হটাৎ মুনমুন বলে উঠলো - " দেখতে ভালো। বেশ সুন্দর। ফর্সা গায়ের রং। রুন্নুদিদিকে যখন দেখতে এসেছিলো, সেই সময় আমি দেখেছি। "

ঠাম্মা বললেন - " ওরে বরকে তাহলে আগে থেকেই মনে ধরে বসে আছো। তাহলে আর দেরি কিসের? এই লগ্নেই হয়ে যাক বিয়ে। "

মুনমুন এবার ভীষণ লজ্জা পেয়ে মাথাটা নিচু করল। সে খেয়াল করল -তার জ্বর জ্বর ভাবটা আর নেই। মাথা ঝিম্ঝিমে ব্যাপারটাও চলে গেছে। সত্যি কথা বলতে কি - অনুজকে দেখার পর থেকে তার মনের ভিতর কেমন একটা তোলপাড় চলছিল। কেন হটাৎ এমন হলো সে বুঝতে পারছিলো না। বিয়ে তো রুনুদিদির। রুনুদিদি মা বাবাকে ছেড়ে শ্বশুর বাড়ি যাবে। তবে তার কেন এত মন অস্থির হচ্ছে?

এই কদিন কারো সঙ্গে তার কথা বলতে ভালো লাগছিলো না। খিদে পাচ্ছিলো না।ঘুমও আসছিলো না। কেমন একটা জ্বর জ্বর ভাব। এই রাতদুপুরে এক নিমেষে সব উধাও হয়ে গেলো, আশ্চর্য! কিন্তু একথা কাউকে বলা যাবে না। একমাত্র পিসিকে বলা যেতে পারে। ঠাকুমা মজা করে গেয়ে উঠলেন - " উচ্ছ ছুড়ি তো বিহা লেগেছে। "

অনুজের ছোট পিসি, মুনমুনদের বিয়ের ব্যবস্থা পুরো পাকা করে ফিরে এল। ফিরে আসার পরে, যে ভদ্রলোককে নিয়ে অনুজের ছোট পিসি গিয়েছিল, তিনি বললেন - " আপনি আমাকে কেনাকাটা করবেন বলেছিলেন, তবে আমি বুঝেছিলাম, আপনি কিছু ব্যবস্থা করার জন্য যাচ্ছেন। যেটা করেছেন, খুব ভালো কাজ হয়েছে। মুনমুন খুব ভালো মেয়ে। ওরা আপনাদের মতো ধনী নয়, অত বনেদিয়ানাও ওদের নেই। কিন্তু ওর বাবা, জেঠু অত্যন্ত সৎ, পরোপকারী মানুষ। অনুজ মুনমুনের বিয়ে সুখের হোক। আমি ওদের প্রাণ ভোরে আশীর্বাদ করছি। "

ছোট পিসি ভদ্রলোককে প্রণাম করল। তারপর, সবার সামনে সমস্ত ঘটনার বর্ণনা দিলো। সমস্ত বর্ণনা শেষ হলে, এক গাল হেসে বলল - " এখানে হা করে দাঁড়িয়ে থাকলে চলবে? সবাই মিলে চলো মুনমুনদের বাড়ি। এই লগ্ন ধরতেই হবে। "

বরযাত্রী সমেত বর এবার চললো মুনমুনদের বাড়ির দিকে। রুনুদের বাড়ির সানাই বন্ধ হয়ে গেল। এত আলোতেও রুনুদের বাড়িখানা বড়ো অন্ধকার দেখাচ্ছে।

এবার মুনমুনদের বাড়ি আলোয় ভরে উঠলো । বর, বরযাত্রী উপস্থিত। পাড়ার লোকেরাও সাহায্যের হাত বাড়িয়ে দিয়েছে।

কালী পিসি মুনমুনকে নিজের হাতে সাজিয়ে দিলো। সে পড়েছে লাল রঙের বেনারসী শাড়ি। পিসি, আর মায়ের গয়নাতে তার হাত, কান, গলা, মাথা ভরে উঠেছে। মাথায় পরেছে সোলার মুকুট। একেবারে লক্ষ্মী প্রতিমার মতো লাগছে। নির্দিষ্ট লগ্নে ভালোয় ভালোয় শুভ পরিণয় সুসম্পন্ন হয়ে গেল।

শ্বশুরবাড়ি যাবার সময় মুনমুন খুব কেঁদেছিল। মা, ঠাকুমা, পিসিকে ছেড়ে সে কোনোদিন কোথাও থাকেনি।

অন্যসময় অবশ্য পিসিকে চুপিচুপি বলত - " আমার বিয়ে দাও তো পিসি। পড়াশোনা করতে ভালো লাগে না আমার। "

এখন তার মনে হচ্ছে বিয়ে করার চেয়ে পড়াশোনা, পরীক্ষা অনেক ভালো। তবে অনুজদের বাড়ির সকলের যত্ন, ভালোবাসায় তার কষ্ট কিছুটা হলেও লাঘব হয়েছে।

বৌভাতের দিন রাত্রে, দুজন মুখোমুখি বসে, নিজেদের মধ্যে কথা বলার সুযোগ পেল। অনুজ বললো - " এই যে কোনো কথা নেই বার্তা নেই হটাৎ করে তোমার বিয়ে দেওয়া হলো, তাতে বাড়ির লোকের ওপর তোমার রাগ হয়ে নি? "

মুনমুন উত্তর দিল – " না। রাগ হত, যদি আপনাদের বাড়ির লোকেরা খারাপ ব্যবহার করতো। আপনাদের বাড়ির লোকেরা ভীষণ ভালো। আপনিও ভালো। তাই কোন রাগ হয় নি। তাছাড়া কালী পিসি জানত -পড়াশোনা করতে আমার ভালো লাগে না। "

অনুজ অবাক হয়ে বলল - " সে কি! কিন্তু বি. এ পাস তোমায় করতেই হবে।"

মুনমুন বলল - " পড়াশোনা করবো না বলেই তো বিয়ে করলাম। আবার পড়াশোনা! "

অনুজ বলল - " দ্যাখো তুমি এখন অনেক ছোট, হায়ার সেকেন্ডারি পরীক্ষার রেজাল্ট-ই বের হয় নি। তাছাড়া ব্যাঙ্গালোরে আমি বেশিদিন থাকবো না। বড়জোর আর তিন, চার বছর রাখবে আমায়। তারপর বিদেশে যেতে হবে। ততদিনে তোমার বি.এ পাশ টা হয়ে যাবে। "

মুনমুন বলল - " আবার বিদেশে কেন? "

অনুজ বলল - " বিদেশে বেশিদিন থাকার আমার ও ইচ্ছে নেই। সুযোগ পেলেই আমরা তাড়াতাড়ি ফিরে আসবো। "

মুনমুন ভাবলো সবই ঠিক আছে, শুধু বি. এ পাশের ব্যাপারটা বাদ দিয়ে। তাই সে আবার ও জিজ্ঞাসা করলো - " বি. এ পাশ করতেই হবে? "

অনুজ এবার গম্ভীর ভাবে বললো - " হ্যাঁ "

মুনমুন বেচারা আর কি করবে? অনুজ যখন এত জোর দিচ্ছে, তখন বাধ্য হয়ে নিচু স্বরে বলল - " আচ্ছা, ঠিক আছে। "

মুনমুনের এই সরলতায়, অনুজ না হেসে আর পারলো না। হো হো করে হেসে উঠল।

অনুজ খুশি হয়েছে দেখে, মুনমুন ও তার দিকে তাকিয়ে মিষ্টি মিষ্টি হাসতে লাগলো।

# ২. দিক্‌দর্শন

স্কুল বাসে উঠে লাট্টু ( ভালো নাম সনোজ ) বই খুলে বসে গেল। পড়াশোনার বই। গল্পের বই আজকাল একটু কম পড়ছে। লাট্টুর গায়ে ভারী স্কুল ব্যাগ দিয়ে ধাক্কা মেরে দেবা ( দেবাংশু ) ধপ করে বসলো। মুখ গোমরা করে লাট্টুকে একবার আড়চোখে দেখে নিলো। কোন কথা বলছে না দেখে লাট্টুর পিঠে দুটো টোকা দিয়ে বলল - " কি রে? পড়াতে এত মনোযোগ কিসের?

লাট্টু ভীষণ বিরক্ত হয়ে দেবার দিকে তাকিয়ে বলল - " কিসের আবার? সামনে পরীক্ষা, পড়বো না তো কি করবো? তোর মতো ফালতু চিন্তা নিয়ে মাথা ব্যথা করে মরবো?

" ফালতু বলছিস! " দেবা গম্ভীর স্বরে বললো।

লাট্টু বলল - " ফালতু না তো কি? কোথাকার কে এক চন্দ্রা, ওকে পাত্তা দিচ্ছে না, ভেগেছে অন্যদিকে, আর উনি, মাথায় হাত দিয়ে কাঁদতে বসেছেন। তোর কাছে বসবোই না " বলে উঠতে যাচ্ছিল লাট্টু।

দেবা জোর করে বসালো, বললো - " তুই ও আমার উপর রাগ করেছিস?"

লাট্টু বলল - " রাগ হবে না!  সামনে পরীক্ষা,  এখন তোর এ সব নাটক করতে ভালো লাগছে? "

দেবা মাথা নিচু করে করুণ স্বরে বললো - " বিশ্বাস কর আমি ভাবতেই পারি না, চন্দ্রা আমাকে এভাবে ঠকাবে! "

লাট্টু বলল -  " আমি পারি, মেয়েরা সব এরকমই হয়। দু'চার দিন গায়ে ঢোলে পড়বে, ন্যাকা, ন্যাকা  ভাব দেখাবে, আমাদের বাবা, মায়ের দেওয়া চারটি পয়সা খসাবে, তারপর আবার অন্য কাঁধে ঝুলে পড়বে। দু-চারটে ছেলের সর্বনাশ না করতে পারলে নিজের কেরিয়ার গড়তে পারে না!  আর ছেলেগুলোও মাথা মোটা। গলা ধাক্কা খাবে  বলে গলা বাড়িয়ে বসে থাকে তোর মতো। এটা নিয়ে দ্বিতীয় বার হল। তাও তোর লজ্জা নেই। "

দেবা মুখ ভার করে বসে আছে।

লাট্টু বলল - " আমাকে দেখে শিখতে পারিস না? সেই ক্লাস ফোরে, পিঙ্কি আমাকে গুড বাই করে চলে গেলো। তখন থেকে আমিও জগতের সব মেয়েদের বাই বাই করে দিয়েছি, ভুলেও তাকাই না। "

হাতে তুড়ি মেরে লাট্টু এবার বললো " এবার দ্যাখ, এমন কেরিয়ার বানাবো, সব মেয়ে এমনকি তাদের মায়েরাও হাঁ করে আমার দিকেই তাকিয়ে থাকবে। সব মানুষই  টাকার পিছনে ছোটে বুঝলি। জগতের সার কথাটা বুঝে নে। "

" সবাই তা নয় - " দেবা বলে। "

লাট্টু জোর গলায় বলে - " সবাই তাই। নাইনটি নাইন পার্সেন্ট তাই। তোর মায়ের কথা বলবি তো? আন্টি ব্যাতিক্রম। মা বলে, আন্টি স্কুলের ফার্স্ট গার্ল ছিল। যেমন সুন্দর দেখতে, তেমনি দুর্দান্ত রেজাল্ট। আন্টি চাইলে

ইউনিভার্সিটির লেকচারার হতে পারতো। কিন্তু মানুষটাকে ভালোবেসে, সংসার ভালোবেসে আটকে পড়ল। নিজেকে প্রকাশ করার কোন চেষ্টাই করলো না। স্কুল টিচার হয়েই কাটিয়ে দিলো জীবনটা। আন্টির মতো বুদ্ধিমতী, ভালো মানুষের দ্বিতীয় কপি তুই আর খুঁজে পাবি না। "

গর্বে আনন্দে দেবার মন ভরে উঠল, চোখ নাচিয়ে বললো - " তাহলে? "

লাট্টু বলল - " তাহলে আবার কি? আন্টি সত্যযুগের মানুষ। "

দেবা সবিস্ময়ে বলল - " সত্যযুগ! "

লাট্টু বলল - " আচ্ছা ছেড়ে দে। অনেক এগিয়ে এলাম। মুঘল পিরিয়ডের।"

দেবা বিস্ময়ে চোখ বড় বড় করল -

লাট্টু আবার বললো - " এটাও পছন্দ হচ্ছে না। ঠিক আছে। ব্রিটিশ আমলের। তাই এতো ভালো, খাঁটি। তাঁর ছেলে হয়ে তুই এমন ল্যাকপ্যাকে কেন রে? "

দুহাতে দেবার কাঁধ ঝাঁকিয়ে দিয়ে লাট্টু বললো " আমাকে দেখ, আমি তোর মতো অত ব্রিলিয়ান্ট নই, কিন্তু বোঝদার। আমি তোকে টপকে, ভালো রেজাল্ট করে কোথায় পৌঁছোই দ্যাখ। তুই চন্দ্রা, শর্মাদের পাল্লায় পড়ে ওখানেই আটকে থাক। আমার মা'তো আমার চেয়ে তোকেই বেশি ভালোবাসে। মায়ের কানে কি দেব এসব কথা? "

দেবা তীব্র আপত্তি জানিয়ে বলল - " না, না। আন্টিকে কখনোই জানাস না। আমার সম্পর্কে বাজে ধারণা হবে। "

লাট্টু থামিয়ে বলে - " তা হোক না। তুমি বাজে কাজ করবে, আর তোমার সম্পর্কে ভালো ধারণা নিয়ে আমার মা বসে থাকবে? আল্লাদখানা দ্যাখো একবার। "

দেবা বলে - " না, না প্লিজ, বলিস না। দেখ আমি ঠিক ভালো হয়ে যাবো। আন্টি মানেই মা, বাবা। মা ম্যানেজেবল। বাবা! সর্বনাশ। পুরো বাড়ি ভাঙচুর করে ফেলবে। আমিও রক্ষা পাবো না। তুই, আমায় একটু সময় দে। "

লাট্টু বলল - " সময় একটুই পাবি। বেশি দেওয়া যাবে না। "

বাস থামল। দু'জনেই নেমে পড়ল। তারপর চুপচাপ দু'জনে নিজের বাড়ির পথে পা বাড়াল।

দেবা আর লাট্টুর এই জুড়ি দেখে অবাক হওয়ার কিছু নেই। লাট্টুর বাবা মনোজ, আর দেবার বাবা সর্বজিৎ এদের মতোই দুই বন্ধু। এমনকি ওদের দাদুদের মধ্যেও এই বন্ধুত্ব ছিল। তিন পুরুষ ধরে চলে আসছে এই বন্ধুত্বের ধারা এবং এই ধারার বন্ধন বড়োই মজবুত।

দেবার মা কণিকা, আর লাট্টুর মা বীণা আবার দুই বান্ধবী। এই বন্ধুত্ব কলেজে পড়ার সময় থেকে। কণিকা ভীষণ শান্ত স্বভাবের, বুদ্ধিদীপ্ত চেহারা, এবং ওর মধ্যে একটা লক্ষ্মীশ্রী ব্যাপার আছে।

বীণাও সুন্দরী, কিন্তু শান্ত নয়। এমন ঝড়ের গতিতে কথা বলে, সব সময় সব কথার অর্থ স্পষ্ট হয় হয় না। হাঁটা, চলা, বলা সবেতেই তার ব্যস্ততা।

বাহ্যত বিপরীতমুখী এই দুই মহিলার মধ্যেও গড়ে উঠেছে অটুট বন্ধুত্ব। লাট্টুর মা বীণা, কণিকাকে সবসময় বোনের মতো আগলে রাখে। খুব ভালো গান গায়ে বীণা।

গান, বাজনার পরিবেশেই বীণা বড়ো হয়ে উঠেছে। সে অনেক ছোট বয়স থেকে গান বাজনার তালিম নিয়েছে। গান বাংলাতে টপ-টেনের মধ্যে উঠেছিল। গান গাওয়ায় সময় সে সম্পূর্ণ অন্য মানুষ হয়ে যায়। পরিচিত বীণার তখন রূপের বদল হয়, চেনা যায়না। বড় আশ্চর্য্য, অপরিচিত লাগে। একটা সময় সে প্রচুর স্টেজ শো করতো। এখন ছেলেকে সামলাতে গিয়ে গানের চর্চায় ভাটা পড়েছে।

আর কণিকা, তার তো একাডেমিক রেজাল্ট দুর্দান্ত। এস. এস. সি'র রিটিন পাস্ করে ইন্টারভিউ দেবার সময় অধ্যাপকেরা বলেছিলেন - " আপনি এতো ভালো রেজাল্ট নিয়ে স্কুলে পড়াবেন? আপনার যা রেজাল্ট আর মেধা, তা নিয়ে আপনি অনায়াসে কলেজ বা ইউনিভার্সিটিতে পড়াতে পারবেন। স্কুলে নিজেকে আটকে রাখবেন না। "

কিন্তু কি আর করা যাবে। সবই কপাল দোষ। সর্বজিৎ মানুষ হিসেবে ভালোই, তবে ভীষণ বদমেজাজি। শান্ত হয়ে গেলে একেবারে অন্য মানুষ। সব ভুলে যায়। তখন চিন্তাতেও আনতে পারে না, সে এতো খারাপ কথা বলেছিলো।

কণিকাকে সে খুব ভালোবাসে। কণিকার ছাত্রীরা যখন তাদের প্রিয় ম্যাডামকে দেখানোর জন্য অভিভাবকদের নিয়ে বাড়িতে আসে, সর্বজিৎ খুব খুশি হয়। অত্যন্ত আনন্দিত হয়ে তাদের আপ্যায়ন করে। এখানে তার কোন ইগো কাজ করে না। বরং এমন গুণবতী বৌয়ের জন্য গর্ব অনুভব করে।

সর্বজিতের সমস্যা অন্য জায়গায়। তার বৌ তার চেয়ে অনেক উঁচু পদে, সম্মানজনক পদে চাকরি করুক, সেটা সে মানতে পারে না। বট গাছের বনসাইয়ের মতো ডালপালা ছড়িয়ে, ঝুড়ি নামিয়ে বাড়ির ছাদে বিরাজ করুক। অরণ্যের মহীরুহ হওয়ার প্রয়োজন নেই।

কণিকা নির্দ্বিধায় এ সব মেনে নিয়েছে। তার মনের মধ্যে এ নিয়ে কোনো কষ্ট আছে কিনা, তাকে দেখে বোঝার উপায় নেই।

সেদিন দেবা স্কুল থেকে বাড়ি ফেরার কিছুক্ষণ পরেই, কণিকাও স্কুল থেকে বাড়ি ঢুকলো। ঢুকেই ছেলেকে জিজ্ঞাসা করলো - " কিছু খেয়েছিস? শরীর ঠিক আছে তো? "

দেবা ঘাড় নেড়ে জানালো সে ঠিক আছে।

রান্নাঘর থেকে জয়া হা হা করে উঠলো - " না গো দিদি, বাবু সোনার ( জয়া ওই নাম ডাকে ) শরীর ভালো নেই। ভালো করে খাওয়া দাওয়া করেনি। স্কুল থেকে এসে মোটে একখানা রুটি খেয়েছে। তুমি বলেছিলে বাবুসোনার গা টা জ্বর জ্বর করছে, তাই গরম গরম দুটো রুটি আলুভাজা দিয়েছিলাম। একটা পরে থাকলো। বললাম মুখে ভালো লাগছেনা? দুটো গরম পরোটা ভেজে দিই? দেখো ভালো লাগবে খেতে। বললো - খাবোনা। আমাকে আদা দিয়ে দুধ চা বানিয়ে দাও। সেটা খেয়েছে। "

হটাৎ কোনো একটা বিশেষ ঘটনা জয়ার মনে পরে গেলো। অন্তত উৎফুল্ল হয়ে কণিকাকে বললো - "জানো দিদি, আজ বাবুসোনা বাপ্ কা বেটা হয়ে গেছে। অন্যদিন স্কুল থেকে ফিরে মোবাইল নিয়ে বসে। আজ বসে নি। বাবার মতো টিভি খুলে মোহনবাগান -ইস্ট বেঙ্গল ম্যাচ দেখেছে। "

কণিকা নিঃশব্দে সব কথা শুনে ফ্রেশ হতে চলে গেলো।

কিছুদিন পরেই শুরু হলো পরীক্ষা। এটা প্রি বোর্ড একজামিনেশন। প্রতিদিন পরীক্ষা দিয়ে দেবা মন খারাপ করে বাড়ি ফেরে। শেষ দিন পরীক্ষা দিয়ে এসে আর নিজেকে ধরে রাখতে পারলোনা। কণিকা স্কুল থেকে বাড়ি ফিরলে মাকে জড়িয়ে ধরে কান্নায় ভেঙে পড়লো।

ছেলের এই আচরণে কণিকা প্রথমে থতমত খেয়ে গেলো। জানতে চাইলো - " কি হয়েছে তোর? পরীক্ষা ভালো হয়ে নি? আজ তো পরীক্ষা শেষ হয়ে গেলো। "

দেবা কোনোরকমে নিজেকে সামলে নিয়ে উত্তর দিল - " মা, আমার সব পরীক্ষা খারাপ হয়েছে, খুব খারাপ রেজাল্ট হবে। বাবা ভীষণ রেগে যাবে। "

কণিকা ছেলের গায়ে মাথায় হাত বুলিয়ে, কোনোরকমে ছেলেকে শান্ত করল। তারপর শান্ত স্বরে বলল - " তুই যে বুঝেছিস, তুই অন্যায় করেছিস সেটাই যথেষ্ট। অন্যায় করে নিজেই তো কষ্ট পাস। তাহলে তেমন খারাপ

কাজ করিস কেন? বাবা রেগে যাবে, বকাবকি করবে সেটাতো স্বাভাবিক, তাই না? তুমি দোষ করেছ অতএব বাবার মুখের ওপর কোনো উত্তর করবে না। চুপচাপ শুনে যাবে "

এরপর কণিকা ছেলেকে নিয়ে সোফার ওপর বসল। তখন ছেলের চোখ দিয়ে জল গড়াচ্ছে। কণিকা আঁচল দিয়ে ছেলের চোখের জল মুছিয়ে বলল - " আর কান্না নয়। এখন আমি যা বলছি মন দিয়ে শোনো। সামনে আসছে আসল পরীক্ষা। সেটা ভালো করে দিতে হবে। ভয় কিসের? মন দিয়ে পড়াশোনা করো। নিশ্চই ভাল রেজাল্ট হবে। "

মায়ের সাথে কথা বলে দেবা এতক্ষণে শান্ত হল।

কণিকা বলল - " স্কুল থেকে ফিরে কিছু তো খাওয়া হয়নি তোর। চোখে, মুখে ভালো করে জল দিয়ে এসে বোস। আমি স্কুলের জামাকাপড় ছেড়ে আসি। তারপর দু'জনে একসাথে খাবো। "

জয়া, জয়া করে হাঁকতেই জয়া সামনে এসে হাজির। জানতে চাইল - " দিদি, কিছু বলছো? "

কণিকা বলল - " আমাদের জন্য কি বানিয়েছিস জয়া? ফ্রেস হয়ে আসি, তারপর তোর বাবুসোনা আর আমি একসাথে খাবো। "  বলেই কণিকা দ্রুত পায়ে ওয়াশরুমে চলে গেল।

জয়া বাইরের লোক হলেও দীর্ঘদিন ধরে এ বাড়িতে থাকতে থাকতে এ বাড়ির একজন হয়ে গেছে। ছেলে, বৌমা, নাতি, নাতনি নিয়ে জয়ার ভরা সংসার। এ বাড়িতে কাজ না করলেও তার চলে যায়। ওর বর ওকে কাজ করতে দিতে চায় না। কিন্তু জয়া ছাড়তে পারে না।

কণিকার বিয়ের অনেক আগে থেকেই জয়া এ বাড়িতে আছে। কণিকাকে কোনোদিন বৌদি ডাকেনি। দিদি বলেই ডাকে। কণিকাও তাকে বোনের মতোই ভালোবাসে। জয়ার হাতের রান্না না খেলে এ বাড়ির লোকেদের পেট ভরে না।

রোজ সকালে আটটার দিকে জয়া এ বাড়িতে আসে। রাতে খাবার ব্যবস্থা করে, টেবিলে গুছিয়ে রেখে বাড়ি যায়। জয়ার বর রোজই এসে নিয়ে যায়।

বাড়ি ফিরতে কখনও, কোনো কারণে দেরি হলে দু'জনেই এ বাড়িতে রাত্রের খাবার খেয়ে নেয়। এ বাড়ির ওপরে তাদের বিশাল ভরসা। জয়া জানে তাদের বিপদে দাদা -দিদিই সবার আগে ছুটে আসবে।

মা, ছেলে একসঙ্গে বসে চাউমিনের প্লেট শেষ করল। তারপরেই জয়া চা নিয়ে এল। গরম চায়ে চুমুক দিতে দিতে কণিকা বলল - " এবার পিকনিকে কোথায় যাওয়া যায় বল দেখি? "

হটাৎ বীণার গলার আওয়াজ। " লাট্টু বলল, পরীক্ষা খারাপ হয়েছে বলে দেববাবা বাসে কাঁদছিল। একথা শুনে আমি কি আর ঘরে থাকতে পারি? তাই দৌড়ে এলাম। আমার দেববাবার মন এতো নরম, সবেতেই দুঃখ পায়। আরে বাবা এটা কি আর আসল পরীক্ষা? সে তো আসছে সামনে। "

বীণা এবার দেবার মাথায়, পিঠে হাত বুলিয়ে বলল - " তুই তো আমার বুদ্ধিমান ছেলে। মন দিয়ে, ভালো করে পড়াশোনা করবি। নিশ্চই ভালো রেজাল্ট হবে। তোরা দু'জনে কবে যে বড় হবি, সে আশায় দিন গুনছি। ভালো করে লেখাপড়া করে, একটা ভালো চাকরি তাড়াতাড়ি পেয়ে যা তো বাবা তোরা। তারপর কণিকা আর আমি বিদেশ ভ্রমণে বেড়োবো। অনেক দিনের শখ। তোদের বাবাদেরও সাথে নেব। কেন জানিনা -আমি এখনও উওম্যান্স ট্রাভেল ভাবতে পারি না। "

লাট্টু বিজ্ঞের মতো বলল - " ভালো চিন্তা ভাবনা! তখন আমরা দু'জনে  কি করব? "

বীণা বলল - " ততদিনে তোরা যদি বিয়ে না করিস, তাহলে সাথে নেব। বিয়ে করলে বৌমার কাছে রেখে যাব। "

এর মাঝে জয়া এসে হাজির। " চাউমিন করেছি তোমাদের জন্য, আনি? "

সম্মতি জানিয়ে বীণা বলল - " তোমার হাতের চা'ও খাব জয়া। "

লাট্টু গলা বাড়িয়ে বলল - " আমিও খাবো জয়া মাসি। "

জয়া লাট্টুকে আদর করে বলল - " তুমি তো খাবেই লাট্টু বাবা। একটু অপেক্ষা কর, আমি আনছি। "

সবাই মিলে এবার জমিয়ে পিকনিকের প্ল্যান করতে বসে গেল। কেউ চায় সাদা ভাত, খাসির মাংস, কারও ফ্রাইড রাইস, চিকেন কষা। দেবার আবদার ভেজিটেবিল চপ।

লাট্টু বলল - " ভেজিটেবিল চপ আর মটরশুটির কচুরি রাখতেই হবে। " দেবার দিকে তাকিয়ে বলল - " দেবা তুই আমাকে সাপোর্ট করবি, ভালো মানুষ হয়ে বসে থাকবি না। তাহলে অমল জেঠুরা আমাদের ব্যাপারটা পাত্তা দেবে না। "

আসলে অমলবাবুই পিকনিকের সব ঝামেলা ঘাড়ে নেন। তিনি গতবার বলেছিলেন - " ছোটরা, তোমরা আর ঝামেলা পাকিও না। ভেজিটেবিল চপ বড্ড সময় নেয়। তার চেয়ে চিকেন পকোড়া খাও। বানানো সহজ, তাড়াতাড়ি হয়ে যাবে। সবচেয়ে বড় কথা, বাচ্চা, বুড়ো সবাই খেতে পছন্দ করে। "

এমন সময় কলিং বেল বাজল। জয়া এসে জানাল - " অমলদি এসেছেন। " ( অমলবাবুর নামে " দি " বলে ডাকে। )

কণিকা বলল - " এখানে আসতে বলে দাও। "

বীণা বলল - " বাব্বা, নাম বলতেই আগমন।অনেক দিন বাঁচবেন অমলদি।"

লাট্টু বলল - " চল দেবা, আমরা ছাদে যাই। "

বীণা বলল - " না ছাদে যাস না। এখন সন্ধ্যে হয়ে আসছে, মাথায় শিশির পড়বে। তোরা বরং ওপরের বারান্দায় গিয়ে গল্প কর। তোদের প্ল্যান আমি জানিয়ে দিচ্ছি অমল জেঠিমাকে। "

লাট্টু বলল - " যথা আজ্ঞা মাতে। " বলে দু'জন দু'জনের গলা ধরাধরি করে ওপরের দিকে পা বাড়াল।

দু'জনে গলা ধরাধরি করে সিঁড়িতে উঠছে দেখে জয়া বলল - " এই যে বাছাধনেরা - এখন বড় হয়েছো, ওভাবে গলা ধরাধরি করে সিঁড়ি দিয়ে উঠবে না। দু'জনেই পড়ে যাবে। "

লাট্টু বলল - " ঠিক আছে জয়া পিসি আজকের দিনটা মাফ করে দাও। এরপর থেকে তোমার কথা মতো চলব। "

বারান্দায় এসে লাট্টু বলল - " আমি কিন্তু দেববাবার গুনগান মায়ের কাছে করিনি। শুধু বলেছি, দেবার পরীক্ষা খারাপ হয়েছে বলে বাসের মধ্যে কাঁদছিল। আসল কথা হল -আমি তোর কাছে আসতে চাইছিলাম। মনটা খুব খারাপ লাগছিল। আমি জানি, মা তার দেববাবা কেঁদেছে শুনে দৌড়ে আসবে। সেই সঙ্গে আমারও আসা হয়ে যাবে। "

দেবা লাট্টুর দিকে ভরসার দৃষ্টিতে তাকাল, তারপর হাসি মুখে বলল - " আমি জানি তুই বলবি না। এবার সত্যিই আমি পড়ায় মন দেব। বীণা মা (লাট্টুর মাকে দেবা এই নামে ডাকে) যা বলেছেন, তাই হবে। আমরা মায়েদের সাথে বিদেশ বেড়াতে যাবোই যাবো, কি বলিস লাট্টু? " আনন্দে দু'জনে, দু'জনের হাত জড়িয়ে ধরলো।

দেবপ্রিয়র আজ ফিরতে একটু দেরি হল। হাত, মুখ ধুয়ে চা খেতে খেতে দেবাকে জিজ্ঞাসা করল - " আজ পরীক্ষা শেষ হল তো? কেমন হলো সব পরীক্ষা? "

দেবা চুপ করে আছে দেখে সর্বজিৎ বলল - " ভালো হয়নি তো? আমি জানতাম। আজকাল তোমার পড়াশোনায় একদম মন নেই। আমি সব লক্ষ্য করেছি। তোমার মা এসব খেয়াল রাখে না। কি যে করে সারাদিন কে জানে? ছেলে যে আজকাল বই বাদ দিয়ে মোবাইলের সঙ্গে সময় কাটাচ্ছে সে খবর কি সে রাখে? সব বন্ধ করে দেবো। মোবাইলে একদম হাত দেবে না তুমি। সব মোবাইল সরিয়ে দেব। দেখি ল্যান্ডের কনেকশনটা আবার নেওয়া যায় কিনা। "

সর্বজিৎ চিৎকার করে কথাগুলো বলছে আর বারান্দায় পায়চারি করছে। হটাৎ দ্বিগুন চিৎকার করে উঠলো - " তোমার লেখাপড়ার পিছনে এতো পয়সা খরচা করছি আর তুমি পড়াশোনা না করে মোবাইলে গেম খেলছ? কত বড় সাহস হয়েছে ছেলের দ্যাখো। "

যত রাগ বাড়ছে ততই তার পায়চরীর গতি বাড়ছে। চিৎকারের মাত্রাও দ্বিগুন থেকে চারগুন হচ্ছে। হটাৎ গলার আওয়াজ একটু নীচু হল। নীচু স্বরে

আবার বলতে আরম্ভ করল " আমার বাবা মাকে কোনোদিন বলতে হয়নি পড়তে বোসো। সকাল সন্ধ্যে নিজেই পড়তে বসে যেতাম। বাবা ছোটবেলাতেই জানিয়ে দিয়েছিলেন - বড় হয়ে আমার ব্যবসায় বসে পড়বে সে আশা করবে না। ভালো করে পড়াশোনা করো, চাকরি বাকরি খোঁজো। সরকারি চাকরি পেতে হবে। তাহলে হারানোর ভয় থাকবেনা। আমরা ( সর্বজিতের বাবা, মনোজের বাবা ) যতদিন বেঁচে থাকবো চালিয়ে যাবো। আমরা চলে যাওয়ার পর, তোমরা লোক রেখে ব্যবসা চালাতে পারলে চালাবে, না হলে বন্ধ করে দেবে। মনোজকেও জানিয়ে দেওয়া হয়েছে সে কথা। "

তারপর কয়েক সেকেন্ডের বিরতি। আবার শুরু হল - " বাবা -মা'কে কত ভয় পেতাম। সেই যে একবার জানিয়ে দিয়েছেন ব্যাস, আর কোনোদিকে তাকানো নেই। কেবল পড়াশোনা। জানি লেখাপড়া ছাড়া পেটের ভাত জুটবে না। তোমার তো সে চিন্তা নেই। এবার থেকে চিন্তা করো। লেখাপড়া করে চাকরি পেতেই হবে। গায়ে হওয়া লাগিয়ে, ফুর্তি করে ঘুরে বেড়ালে চলবে না। এসব বেচাল দেখলে সব আমি অনাথ আশ্রমকে দান করে যাবো।"

" আমি ভালো করে পড়াশোনা করবো বাবা। " একথা বলে দেবা চুপ করে দাঁড়িয়ে থাকল।

সর্বজিৎ আপন মনে বকতে বকতে নিজের ঘরে চলে গেল। সর্বজিতের মুখের ওপর কোনো কথা বলার সাহস কণিকার নেই। তাই সে চুপ করেই থাকল। জানে মাথা গরম হলে সর্বজিৎ প্রচুর খারাপ কথা বলে। রাগ পরে গেল আবার শান্ত, ভাল মানুষ হয়ে যাবে।

সেদিন রাতে খাবার টেবিলেও কেউ কোনো কথা বললো না। প্রয়োজনীয় দু'একটি কথা ছাড়া, সবাই নীরবে খেয়ে উঠে গেল। বাড়িতে কেমন একটা থমথমে পরিবেশ। সবাই চুপচাপ শুতে চলে গেল।

মাঝরাতে ঘুম ভেঙে কণিকা দেখে সর্বজিৎ পাশে নেই। বুঝলো ছেলের ঘরে গেছে। উঠে গিয়ে দেখে সর্বজিৎ ছেলের মাথার কাছে দাঁড়িয়ে আছে। ছেলে ঘুমোচ্ছে। খারাপ কথা বলে সেও মনে কষ্ট পায়। কিন্তু বাইরে কোনোভাবেই তা প্রকাশ পাবে না।

সর্বজিৎ জানে এবং বিশ্বাসও করে -তার ছেলে কখনোই খারাপ হবে না। তার মা তাকে ঠিক আগলে রাখবে। মন্দের রাস্তা থেকে কণিকা তাকে সরিয়ে, সঠিক পথে নিয়ে আসবে। তবে নীরবে। কেউ তা টের পাবে না। এমনকি ছেলে নিজেও বুঝতে পারবে না, সে কেমন করে এমন ভাল ছেলে হয়ে উঠল। এটা কণিকার নিজস্ব ঈশ্বর প্রদত্ত ক্ষমতা। সর্বজিৎ বহুবার সে ক্ষমতার প্রমাণ পেয়েছে। তাই ছেলের ভবিষ্যৎ নিয়ে বিশেষ চিন্তা নেই। আর রাগের বসে সে যা বলেছে, তা কখনোই তার মনের কথা নয়। সেগুলো সাময়িক ক্ষেপে ওঠা মনের খ্যাপামি।

যথাসময়ে আই সি এস সি র রেজাল্ট বেরোলো। দেবাংশু রেকর্ড নম্বর পেয়ে স্কুলের মধ্যে প্রথম হয়েছে। দ্বিতীয় স্থানেই রয়েছে মনোজখা। বাবাকে, বীণা মাকে দেওয়া কথা রাখতে পেরে দেবাংশু খুব খুশি হয়েছে। তাছাড়া ভাল রেজাল্ট করে প্রমান করে দিল সে কণিকা মায়ের ছেলে। অবশ্য জীবনে

আরও অনেক প্রমাণ তাকে দিতে হবে। তবেই এ কথার সত্যতা নির্ধারিত হবে।

মনোজও তার রেজাল্টে খুব আনন্দিত। বুদ্ধিমান বন্ধুর পরেই সে নিজের স্থান করে নিতে পেরেছে। তারা দু'জনেই, দু'জনের ভরসা। তাদের বন্ধুত্ব, ভালোবাসায় কেউ কখনো ফাটল ধরাতে পারবে না। তারা খুব ভালো করে জানে - দু'জনে পাশাপাশি থেকে, জীবনের সব কঠিন ধাপ পেরিয়ে, সাফল্যের চূড়ায় তাদের উঠতেই হবে।

# ৩. বোন - দিদির ভালোবাসা

ভোর ৩:৪৫ - এর সময় শিয়ালদা থেকে লালগোলা প্যাসেঞ্জার ছাড়ল। আজ ঠিক সময়ই ছেড়েছে। সত্তর দশকের রেল। ভালো করে জল, কয়লা নিয়ে শক্তি সঞ্চয় করে তারপর ছাড়ল। রানাঘাটে গিয়ে আর একবার শক্তি সঞ্চয় করতে হবে।

নন্দা দাদার সঙ্গে মুর্শিদাবাদ যাচ্ছে। যশোধরা বালিকা বিদ্যালয়ে তার ইন্টারভিউ আছে। কখন পৌঁছবে কে জানে? ইন্টারভিউ আবার হয়ে যাবে না তো? সে ভয়ও আছে মনে।

ট্রেন মোটামুটি ফাঁকা। ট্রেন যেদিকে যাচ্ছে নন্দা সেদিকেরই জানালার ধারে বসেছে।

দাদা বলল - "নন্দু ইচ্ছে হলে শুয়ে পড়তে পারিস। এখনো অন্ধকার আছে। আমি তো বসে আছি। নিশ্চিন্তে শুয়ে পড়। "

নন্দু জানে দাদা সাথে থাকলে কোনো বিষয়েই তার আর কোনো চিন্তা নেই। দাদা তার মস্ত বড়ো ছাতা। ঝড়, জল, বৃষ্টি কোনো কিছুর আঁচই তার গায়ে লাগবে না। সেই কোন ছোট বয়সে তাদের বাবা চলে গেছেন। তখন থেকে দাদাই তাকে আগলে আগলে মানুষ করেছে। দাদাকে ছেড়ে সে কোনোদিন কোথাও যাবার কথা ভাবতেও পারে না।

নন্দু শুলো না। জানালার দিকে তাকিয়ে দেখতে থাকল - অন্ধকার সরিয়ে কিভাবে ভোরের আলো ফোটে। সিঁদুরের টিপের মতো লাল হয়ে সূর্য ওঠে,

তারপর আস্তে আস্তে তার হালকা, নরম, আদুরে কিরণ, কিভাবে তপ্ত কঠিন হয়ে পড়ে।

নন্দু একপ্রকার জোর করেই এই ইন্টারভিউ দিতে যাচ্ছে। বাড়িতে সকলের, বিশেষ করে মায়ের প্রবল আপত্তি ছিল। দাদা বোনের আপত্তি ফেলতে পারেনি, তাই নিয়ে যাচ্ছে ইন্টারভিউ দেওয়াতে।

সত্যি কথা বলতে কি কলকাতা শহরে নন্দার চাকরির অভাব ছিল না। ছোটবেলা থেকেই সে পড়াশোনায় ভালো ছিল। স্কলারশিপ পেত। সেই টাকাতেই তার পড়াশোনার খরচ চলে যেত। মাস্টার ডিগ্রি করেছে। এবার একটা চাকরি নেবে। এমন সময় বাড়িতে ঘটলো দুর্ঘটনা। তার অতি আদরের ছোট বোন হটাৎই তাদের ছেড়ে চলে গেল।

এ ধাক্কা বাড়ির সবাই, এমন কি মা - ও সামলে নিলেন, কিন্তু নন্দা পারলো না। কয়েকদিন সে প্রায় অজ্ঞান অবস্থাতেই কাটালো। জ্ঞান ফিরলেও সে স্বাভাবিক হতে পারছিলো না। কেমন ঘোরে, ঘোরে বোনের স্মৃতির মধ্যেই ডুবে থাকতো। এই অবস্থা থেকে স্বাভাবিক জীবনে ফেরার জন্যে তার বাড়ির বাইরে, এই পরিচিত গন্ডির বাইরে থাকার সত্যিই খুব প্রয়োজন ছিল। সেই কারণেই দাদা এই ইন্টারভিউতে মত দেয়।

বেলা ১ টা নাগাদ যশোধরা বালিকা বিদ্যালয়ে পৌছলো। স্কুলবাড়ি পাকা। তবে যতদূর চোখ যাচ্ছে ফাঁকা, ফাঁকা জায়গার ওপর খড়ের, কোথাও টালি দেওয়া মাটির বাড়ি দেখা যাচ্ছে। চারিধারে সবুজ গাছপালা আর জঙ্গল।

স্কুলের অফিস ঘরে ঢুকে তারা প্রথমে নিজেদের পরিচয় দিলো। অতি সম্মানের সাথে নির্দিষ্ট ঘরে নিয়ে গিয়ে তাদের বসতে দেওয়া হল। নন্দা খেয়াল করল অফিস ঘরে কেমন একটা চাপা গুঞ্জন, আর সকলের মধ্যেই ব্যস্ততা।

তাদের দেখেই কি ব্যস্ততা, নাকি তারা সর্বদাই এমন ব্যস্ত হয়েই ঘুরে বেড়ায়? ভীষণ আশ্চর্য লাগছিল! সে বুঝতে পারল না, ইন্টারভিউ কি হয়ে গেছে? তাকে আর ইন্টারভিউ দিতে দেওয়া হবে না? এই সত্যিটা সরাসরি বলতে পারছে না বলেই কি তাদের এই ব্যস্ততা?

এমন সময় বিদ্যালয়ের প্রধান শিক্ষিকা ললিতা দেবী এবং কয়েকজন ভদ্রলোক তাদের সামনে এসে দাঁড়ালেন। নন্দা এবং তার দাদা উঠে দাঁড়িয়ে বললো - "আমরা কলকাতা থেকে আসছি। "

সেখানে উপস্থিত ভদ্রলোকের একজন বললেন - " বসুন, বসুন। উঠতে হবে না। আমরাও বসছি। " এই বলে সকলেই চেয়ারে বসলেন।

নন্দার দাদা জানতে চাইলো - " ইন্টারভিউ কি হয়ে গেছে? "

উত্তরে প্রধান শিক্ষিকা নন্দাকে বললেন - " আপনি এখানে থাকবেন তো? কিছুদিন চাকরি করে, এখানে থাকতে পারছি না বলে চলে যাবেন না তো?"

নন্দা বিস্মিত হয়ে বলল - " চাকরিই তো পেলাম না। ছেড়ে যাওয়ার প্রশ্ন আসে কোথা থেকে? তাছাড়া চাকরি করব বলেই তো আমি এখানে এসেছি। ছেড়ে যাবো কেন? কলকাতা থেকে মুর্শিদাবাদ অনেক দূর। সবকিছু জেনে বুঝেই তো ইন্টারভিউ দিতে এলাম। চাকরিটা আগে হোক। "

সেক্রেটারি মশায় বললেন - " চাকরিটা আপনার হয়ে গেছে। আপনি কালই জয়েন করুন। "

দাদা বললেন - " কালকেই? আমরা তো সেরকম কোনো প্রস্তুতি নিয়ে আসি নি। "

ললিতা দেবী বললেন - " দুটো দিন আপনারা আমার কাছেই থাকুন। আপনাদের হয়তো থাকতে একটু কষ্ট হবে। কাল শুক্রবার, নন্দা জয়েন করে নিক। শনিবার হাফ ডে। আপনারা তাড়াতাড়ি বেরিয়ে পড়বেন। সোমবার থেকে টানা স্কুল করবে। "

দাদা বলল - " ওর চাকরিটা হলে, এ ব্যাপারে কোনো অসুবিধা হবে না। "

সেক্রেটারি মশায় বললেন - " আমাদের স্কুলে শিক্ষিকাদের হোস্টেল আছে। অনেক শিক্ষিকাই এই শিক্ষিকা আবাসনে থাকেন। ওনার কোনো অসুবিধা হবে না। সোমবার থেকে সব দেখে শুনে ঠিক করে নেবেন। "

যশোধরা বালিকা বিদ্যালয়ে নন্দার চাকরিটা হয়ে গেল। বিদ্যালয় চত্বরের মধ্যেই দোতলায় প্রধান শিক্ষিকার আবাসন। নিচের অনেকগুলি ঘর সহ শিক্ষিকাদের। দাদা, বোনে দুটো রাত্রি প্রধান শিক্ষিকার আবাসনে থেকে শনিবার কলকাতায় ফিরল।

এই যশোধরা বালিকা বিদ্যালয় প্রথম দিন থেকেই নন্দার মনে অনেকখানি জায়গা নিয়ে আঁটোসাঁটো হয়ে বসে পড়েছিল। কলকাতা শহর আর মুর্শিদাবাদের মধ্যে বিস্তর ফারাক। চারপাশের লোকজন, পরিবেশ, আচার -ব্যবহার সবেতেই পার্থক্য চোখে পড়ে।

তবে সঞ্জিপাতি, খাবার -দাবার, দুধ, দই, ছানা, মিষ্টি, ফলের গুণগত মান কলকাতা শহরের তুলনায় অনেক ভালো। আর যাদের জন্য কাজ করবে বলে এসেছে নন্দা, তাদের সহজ সরল চোখ মুখ খুব সহজেই নন্দাকে বশীভূত করেছে।

নন্দা দেখলো স্কুলের মেয়েরা সাদা জামা গায়ে দেয় ঠিকই, তবে পিঠের বোতাম খোলা। কোনো পিন দিয়েও আটকায় না। সকলেই অবশ্য নয়, কেউ কেউ। পায়ে সাদা কেড্‌স নেই। কোমরে কারো লাল বেল্ট আছে, কারো নেই। মাথায় লাল ফিতেও সবার নেই। স্কুলেও সবাই ঠিক সময়ে আসে না। নন্দা ভাবলো এ সব কিছু তাকে নিয়মের মধ্যে নিয়ে আসতে হবে।

যেমন ভাবা তেমন কাজ। পরদিন থেকেই শুরু হয়ে গেল বোঝানো। মেয়েদের শেখানো হলো স্কুলের পোশাক পরে, নির্দিষ্ট সময়ে নিয়মিত স্কুলে আসতে হবে।

নন্দা খেয়াল করল খুব অভাবী দরিদ্র পরিবারের মেয়েরা এই স্কুলে পড়তে আসে। পোশাকের মধ্যেই দারিদ্রের ছাপ স্পষ্ট। আবার উচ্চবিত্ত, শিক্ষিত পরিবারের মেয়েরাও আসে। সদ্যই আধা সরকারি স্কুল হিসেবে প্রতিষ্ঠা পাওয়া এই বিদ্যালয়ে ছাত্রী সংখ্যা খুব বেশি ছিল না।

সে শুনেছে বিদ্যালয়ের প্রতিষ্ঠা কালে ললিতাদেবীরা বাড়ি বাড়ি ঘুরে ছাত্রী সংগ্রহ করেছেন। সেই আমলের মেয়েরা ঘর, সংসারের কাজ না করে স্কুলে আসবে পড়তে, কম বড় কথা! ছোট বয়সে বিয়ে দেওয়াও যাবে না, সে আরো সাংঘাতিক ব্যাপার। সেক্ষেত্রে বাড়ি বাড়ি গিয়ে বাবা মায়েদের

বোঝাতে হবে বৈকি। হলেই বা প্রাচীন বাংলার রাজধানী। এ তো কলকাতা শহরের মতো আধুনিক নয়। এখনো প্রত্যন্ত গ্রাম হয়েই আছে। নানা সামাজিক বিধিনিষেধ, আর কুসংস্কারে ভরপুর হয়ে আছে মুর্শিদাবাদ।

নন্দা ক্লাসে গিয়ে দেখে, অনেকেরই পোশাক ঠিক নেই, অপরিষ্কার, আবার পড়ার বইও নেই। কেন নেই? জিজ্ঞাসা করলে উত্তর আসে - আমরা গরিব মানুষ। বাবা বলেছে - আমাদের পয়সা নেই। বই কিনে দিতে পারবে না। সহজ, সরল স্বীকারোক্তি।

এদের চোখের দিকে তাকালেই বোঝা যায় কি সরল মনের মানুষ এরা। বুকের মধ্যে জমে থাকা স্নেহ আপনি উথলে ওঠে।

বই কিনে দিয়ে এতো জনের অভাব মেটানো যাবে না। তাই নন্দা মেয়েদের বললো – " ক্লাসে যখন পড়া বোঝানো হবে তোমরা মন দিয়ে শুনবে। পড়াশোনা তো আসলে এক ধরণের গল্প - কথা। গল্প যেমন মনে থাকে, পড়াশোনাও তেমন মনে থাকবে। আমি ক্লাসে পড়া বুঝিয়ে সেটা থেকেই তো রোজ প্রশ্ন ধরি। সব প্রশ্নের উত্তর দিতে পারলে, জানবে পড়া তৈরী, বাড়িতে আর পড়তে হবে না। "

নন্দা সত্যি ক্লাসে গল্পের মতো করে পড়া বোঝায়। গল্পের ছলে বিজ্ঞান কে এমন ভাবে মাথায় গেঁথে দেয়, জীবনে আর মাথা থেকে বেরোবে না। প্রতিদিন ডাইরিতে হোম ওয়ার্ক করে তবে পড়াতে যায়। মেয়েরা তার ক্লাস

করার জন্য উৎসুক হয়ে থাকে। রুটিনে যেদিন তার ক্লাসে থাকে না, সেদিনটাই বৃথা যায় তাদের।

স্কুলে এসে শুধু গল্প কথা শুনলেই হবে? এরা সব ছোট ছোট বাচ্চা মেয়ে। খেলাধূলা, নাচ, গান, আঁকা -জোকা, এ সবেরও তো প্রয়োজন আছে। নাচ, গান, আঁকা পরে হবে। আগে এদের খেলাধূলার ব্যবস্থা করা দরকার।

নন্দা নিজের উদ্যোগে প্রধান শিক্ষিকার সাথে কথা বলে একটা ব্যবস্থা করলো। মেয়েরা স্কুল ছুটির পর, বাড়ি গিয়ে, খাওয়া-দাওয়া করে একটু বিশ্রাম নিয়ে আবার স্কুলে আসতো। নন্দা তাদের মার্চপাস্ট, পিটি, যোগ ব্যায়াম শেখাতো। মাঝে মাঝে মেয়েদের সাথে কিৎ কিৎ খেলতো। নন্দা নিজেও এতে আনন্দ পেতো। মেয়েরাও বুক ভোরে একরাশ আনন্দ নিয়ে বাড়ি ফিরতো। স্কুল থেকে যাদের দূরে বাড়ি, তারা বিকেলে আর আসতে পারতো না। তাদের ভীষণ আপসোস হত এসব শুনে।

নন্দা যে দুঃখ ভুলতে কলকাতা শহর ছেড়ে এতো দূরে এসেছে, সে কষ্টে কিছুটা হলেও প্রলেপ পড়েছে।

স্কুল টাইমে নন্দা ব্যক্তিত্ব সম্পন্ন, গুরু গম্ভীর শিক্ষিকা আর বিকেলে, হাসি খুশি, ছেলেমানুষীতে ভরপুর একজন মহিলা। সহজেই ছাত্রীদের বন্ধু হয়ে যেত। বাইরের শৃঙ্খলাপরায়ণ কঠিন মূর্তি দেখে অনেক ছাত্রী ভয় পেয়ে দূরে থাকতো। তবে যারা তাকে খুব ভালোবেসে কাছে এসেছে, তারাই তার এই কোমল রূপের সন্ধান পেয়েছে।

দেখতে দেখতে একটি বছর পেরিয়ে গেলো। কলকাতা থেকে আরো একজন শিক্ষিকা এলো। সে ইংরেজি সাহিত্যের, নাম স্বাতীলেখা শর্মা। ধপধপে ফর্সা, কোমর পর্যন্ত কোঁকড়ানো চুল, চোখে মুখে দৃঢ়তা, তাকেও ইন্টারভিউ দিতে হয়নি। বিদ্যালয় পরিচালন সমিতির একটাই প্রশ্ন ছিল - চাকরি পেলে, কিছুদিন পরে স্কুল ছেড়ে চলে যাবেন না তো? এ প্রশ্নে স্বাতীলেখাও কম বিস্মিত হয়নি। বিস্ময় কাটিয়ে উত্তর দিয়েছিলো - "যাবোনা। "

শিক্ষিকা আবাসনে নন্দার ঘরেই স্বাতীলেখার থাকার ব্যবস্থা হলো। কোলকাতা থেকে এসেছে শুনেই নন্দার মনটা খুশিতে ভোরে গেলো। স্বাতীলেখার সাথে কথা বলতে বলতে বুঝতে পারলো, তার বুকের জমাট বাধা পাথরটা হটাৎই হালকা হয়ে নিচের দিকে নামতে শুরু করেছে।

নন্দা কথা বলে জানতে পারলো, স্বাতীলেখা তার চেয়ে দশ বছরের ছোট। তার বুদ্ধিদীপ্ত, জেদি চেহারার মধ্যে কোথাও কি বৃন্দাকে খুঁজে পাচ্ছে? বৃন্দা

তার বড় আদরের বোন। তাকে ভোলা অত সহজ নয়। তার কথা, তার হাসি, তার স্নেহ, ভালোবাসা, আদর মাখানো স্মৃতি চোখের সামনে ভেসে ওঠে বার বার। বৃন্দা কিভাবে স্মৃতি থেকে বাস্তব হয়ে স্বাতীলেখা রূপে ফিরে এলো তার কাছে? এতদিন পরে তার মনে একটা খুশির ঢেউ উঠলো।

স্বাতীদি, নন্দাদি নাম দুটো সর্বদাই একসাথে উচ্চারিত হয়। দুজনেই ছাত্রীদের খুব প্রিয় শিক্ষিকা। সকলেই তাদের বন্ধুত্বের কথা জানে। তারা সত্যিই ভালো বন্ধু। তবে বন্ধুত্বের ওপরেও তাদের মধ্যে একটা সম্পর্ক আছে, সেটা দিদি বোনের। সেটা কেবল নিজেরাই জানে।

স্কুল সম্পর্কে নন্দা আর স্বাতীলেখার চিন্তা ধারা ছিল একই রকমর। দু জনেরই লক্ষ্য ছিল মেয়েরা লেখা পড়া শিখে স্বাবলম্বী হোক। আত্ম-মর্যাদা বোধ সম্পন্ন হয়ে উঠুক। তাই শিক্ষার মানোন্নয়নের সাথে সাথে গঠনগত অন্যান্য দিকের প্রতিও ছাত্রীদের আগ্রহ, উৎসাহ বাড়ানোর প্রচেষ্টা শুরু হলো।

নন্দা, স্বাতীলেখা বিদ্যালয়ে ২৩ সে জানুয়ারী, ২৬ সে জানুয়ারি, ১৫ই আগস্ট, বৃক্ষরোপন, শারদোৎসবের ব্যবস্থা করলো। বিদ্যালয়ের বার্ষিক পরীক্ষায় যারা প্রথম, দ্বিতীয়, তৃতীয় হতো, তাদের পুরস্কারেরও ব্যবস্থা হলো। আর এই পুরস্কার বিতরণী অনুষ্ঠানকে কেন্দ্র করেই নাচ - গান - নাটকের আয়োজন হলো।

বার্ষিক পুরস্কার বিতরণী অনুষ্ঠান শব্দটি শুনতে যত সহজ, তাকে বাস্তবে রূপদান করা তত সহজ ছিলোনা। প্রথম কথা এই পুরস্কারের অর্থ আসবে কোথা থেকে?

এর এক অভিনব উপায় বের করেছিলো স্বাতীদি - নন্দাদি। তারা বিদ্যালয় প্রাঙ্গণে মেলার আয়োজন করলো। পুজোর ছুটির আগে কোন একটাদিন মেলা বসতো স্কুল চত্বরে। বিদ্যালয়ের গেটের ভেতরে বাইরের কেউ প্রবেশ করতে পারতো না।

মেলায় বিক্রি হতো রুমাল, টেবিল ক্লথ, উলের বিভিন্ন টুপি, শীতে ঘরে পরার মোজা, বাটিকের স্কার্ভ, ফটো ফ্রেম, নকশা আঁকা প্রদীপ, পিলসুজ, নকশা করা কুলো ইত্যাদি। মাটির সরাতে পটচিত্র, বিভিন্ন ধরণের ফুল, ফুলদানি, কাপড়ের ও মাটির বিভিন্ন ধরণের পুতুল, সুন্দর সুন্দর হাতে আঁকা বিভিন্ন ডিজানের কার্ড বিক্রি হতো। এ সব কিছু মেয়েদের করা। শিক্ষিকারাও ছাত্রীদের সঙ্গে এসব বানাতেন।

আর বসতো খাবারের দোকান। ঝালমুড়ি, আলুর দম, চপ, বেগুনি, ঘুঘনিও বিক্রি হত। প্রতিটি দোকানের দেওয়া হতো আলাদা, আলাদা নাম। খাই খাই- এর দোকানে ছোটদের সাথে বড়রাও লাইনে ভিড় জমাতো।

নবম- দশম শ্রেণীর ছাত্রীদের মূলত দোকান চালানোর দায়িত্ব দেওয়া হতো। তারাই বিক্রি করতো, পয়সার হিসেব রাখতো। সবশেষে শিক্ষিকারা ছাত্রীদের কাছে থেকে হিসেব বুঝে নিত। এর মধ্যে দিয়ে ছাত্রীদের হাতে কলমে স্বনির্ভরতার একটা ট্রেনিং হয়ে যেত। আর এই মেলায় বিক্রির অর্থ থেকেই পুরস্কারের মূল্য উঠে আসতো।

এই সাজানো গোছানো মেলার পিছনে ছিল নন্দা- স্বাতীলেখার অসম্ভব পরিশ্রম। অবশ্য প্রধান শিক্ষিকা সমেত সহ শিক্ষিকারা আন্তরিকতার সাথে এ কাজে সাহায্যের জন্য এগিয়ে আসতেন। তবে আসল ঝড়টা তাদের মাথার ওপর দিতেই যেত।

মেলায় বিক্রি হওয়া যাবতীয় উপকরণ স্কুল থেকেই কেনা হতো। বিক্রির উপকরণ সামগ্রী কেনা, সেগুলোর দাম নির্ধারণ করা, বিক্রির অর্থমূল্যের হিসেব, লাভের অংশ দেখানো, তারপর অফিস ঘরে জমা দেওয়া  - এই যে বিশাল একটা পর্ব, সবটাই তারা সামলাতো।

স্কুলের মেলায় বাটিকের যে রুমাল, স্কার্ভ বিক্রি হতো, সেগুলোর পিছনেও ছিল স্বাতীদি, নন্দাদির অবদান। যে সব মেয়েরা বাটিকের কাজ শিখতে ইচ্ছুক তারা স্কুল ছুটির পর বাড়ি গিয়ে আবার বিকেলে স্কুলে আসতো। দিদিরা যত্নকরে নিজের হাতে ছাত্রীদের বাটিকের কাজ শেখাতো। মেয়েদের হাতের কাজ শেখানোর ব্যাপারে কর্ম শিক্ষিকারও বিশেষ অবদান আছে। তিনি ক্লাসে তো বটেই, ক্লাসের বাইরেও পেটিকোট, পাজামা, ফ্রক তৈরী করা শেখাতেন। যেগুলো ভালো তৈরী হতো, সেগুলো মেলায় বিক্রি হতো।

আর যে কথা শুনলে সবাই আশ্চর্য হবে, মেয়েদের কবিতা লেখার হাতে খড়িটাও এই স্কুলের মেলায় হতো। বিভিন্ন স্টলের মতো কবিতা লেখারও একটা স্টল থাকতো। নাম " ছড়াছড়ি। "  কেউ নিজের নামে, কেউ বন্ধুর নামে কবিতা লেখাতে চাইলে 'ছড়াছড়ি' তে চলে যেত। সেখানে মেয়েরা বসে আছে  খাতা - পেন নিয়ে। তারা ছড়া  লিখে আগে স্বাতীদিকে দিয়ে সংশোধন করিয়ে নিত, তারপর কার্ডে লিখে দিত।

স্বাতীদি কিভাবে ছন্দ মেলাতে হয়, কিভাবে কবিতার সিলেবল ভাগ করতে হয়, তাও শিখিয়ে দিতো। হাতে ধরে কবিতা লেখা শেখানো, এটা কি কম

বড়ো শিক্ষা! এই শিক্ষার জোরেই হয়তো কেউ একদিন, মস্ত বড়ো কবি বা সাহিত্যিক হয়ে উঠবে।

স্বাতীলেখা ইংরেজির শিক্ষিকা কিন্তু বাংলা সাহিত্য একেবারে গুলে খেয়ে বসে আছে। যারা বাংলা সাহিত্য নিয়ে এমএ পাস করেছে, তারাও বাংলা সাহিত্যে স্বাতীলেখাকে টপকাতে পারবে না।

একই কথা নন্দাদির ক্ষেত্রেও বলা যায়। বিজ্ঞানের শিক্ষিকা কিন্তু বাংলা সাহিত্যের ভক্ত। বিশেষ করে বাংলা কবিতা আর রবীন্দ্রনাথে ডুবে থাকতো তার মন। কথা কাহিনীর দীর্ঘ কবিতা বই ছাড়া মুখস্ত বলে যেত। তার হাতে লেখা কোনো চিঠি পড়লে বোঝা যায়, সে লেখার মান কত উচ্চ স্তরের। কত সহজ, সরল ভাষায় জটিল বিষয় উঠে এসেছে তাতে।

এমন শিক্ষিকা সকলের ভালোবাসার মানুষ, আপনার জন হয়ে উঠবে সেটাই তো স্বাভাবিক। তারা ছাত্রীদের কাছে অনুকরণ করার মতো আদর্শ শিক্ষিকা। তাদের হাঁটা, চলা, কথা বলা, পান্ডিত্য ছাত্রীদের ভীষণ ভাবে আকর্ষণ করে। মনে মনে সবাই নন্দাদি, স্বাতীদি হয়ে উঠতে চায়।

বিদ্যালয়ে হবে বৃক্ষরোপন উৎসব। স্বাতীদি, নন্দাদি মিলে  বাঁশ জোগাড় করে ছোট ছোট পাঁচটা দোলা বানালো। সেগুলো সুন্দর করে ফুল, লতা পাতা দিয়ে সাজালো, তাতে ছোট ছোট পাঁচটা চারাগাছ বসালো। তারপর - সেই দোলা মেয়েরা কাঁধে নিয়ে ' মরুবিজয়ের - কেতন উড়াও শুণ্যে ' গাইতে গাইতে স্কুলের খেলার মাঠে গেলো। সেখানে জায়গা আগে থেকেই ঠিক করা ছিল। চারাদের সেখানেই রোপন করা হলো। মেয়েরা বলতে থাকলো- আয় আমাদের অঙ্গনে, অতিথি বালক তরুদল , মানবের স্নেহ সঙ্গনে, চল আমাদের ঘরে চল। স্বাতীদি, নন্দাদির কাছে সেদিন মেয়েরা জেনেছিলো রবীন্দ্রনাথের বনবাণীতে আছে বৃক্ষের বন্দনা, প্রাণের জয়গান।

বছরে একবার বার্ষিক পুরস্কার বিতরণী অনুষ্ঠান বেশ বড় সড় আয়োজন করে করা হতো। এ ছাড়া সারা বছরই কম বেশি ছোট খাটো অনুষ্ঠান লেগেই থাকতো। স্বাতীদি খুব ভালো নাচতো, আবার গাইতেও পারত। ৫ ই সেপ্টেম্বরে শিক্ষিকারা গাইবে বলে মজার মজার প্যারোডিও তৈরী করে দিত।

তারা সর্বদাই চেষ্টা করতো সৃজনশীল, গঠনমূলক কাজ কর্ম মেয়েরা নিজেরা করুক। সংশোধনের জন্য তারা তো আছেই। পাঠ্য বিষয়ের ছোট গল্পগুলোকে মেয়েদের দিয়ে নাট্যরুপ দেয়া হতো। স্বাতীদি বা নন্দাদি কেউ

একজন সংশোধন করে দিত। তারপর সেটা নিয়মিত রিহার্সাল এবং বিশেষ দিনে মেয়েদেরই সাজানো মঞ্চে সুন্দরভাবে পরিবেশিত হতো।

একবার বিদ্যালয়ের বার্ষিক অনুষ্ঠানে রবীন্দ্রনাথের বিসর্জন নাটক অনুষ্ঠিত হলো। সেবারে রিহার্সালের সময় স্বাতীদি যে ছাত্রী অপর্ণার পাঠ করছে তাকে বোঝালো – " দেখো জয়সিংহ আর বেঁচে নেই। অপর্ণা জয়সিংহকে ভালোবাসতো। জয়সিংহের মৃত্যুতে সে ভীষণ কষ্ট পেয়েছে, দুঃখে ভেঙে পড়েছে। সেই কষ্ট, দুঃখের আবেগ তোমাকে অভিনয়ের মধ্যে দিয়ে বোঝাতে হবে। "

এই ভাবে বিষয়টা বুঝিয়ে নিজেই 'জয়সিংহ, জয়সিংহ' বলে দুঃখে আবেগে কেঁদে ভাসিয়ে অভিনয় করে দেখিয়ে দিলো।

নোটির পূজা নাটকে নাটির নাচ স্বাতীদি তুলিয়ে দিয়েছে। আর নন্দাদি ক্লাস সিক্সের দুটি মেয়েকে দিয়ে করালো " নারদ নারদ। " সুকুমার রায় বেঁচে থাকলে ভীষণ খুশি হতেন তার কবিতার এমন নাট্যরূপ দেখে। ছোট ছোট দুটি মেয়ে ছেলেদের জামা -প্যান্ট পরে হাতে পাকিয়ে ঝগড়া করলো। আবার পরক্ষণেই ঝগড়া মিটিয়ে দুই বন্ধু মিলে গলা ধরাধরি করে চলে গেলো। ভারী মজার দৃশ্য। নন্দা কবিতা বড় ভালোবাসে। মেয়েদের দিয়ে তার নাট্যরূপ পরিবেশন করিয়ে ভীষণ আনন্দ পেতো।

যশোধরা বালিকা বিদ্যালয়ের প্রায় সব মেয়েই কম, বেশি আলপনা দিতে পারে। তার কারণ স্বাতীদি, নন্দাদি তাদের হাতে ধরে আলপনা দেওয়া শিখিয়েছে। খড়িমাটি ভিজিয়ে জল দিয়ে গুলে নিতে হয়। তারপর কাপড়ের টুকরো খড়ির গোলায় ডুবিয়ে আঙুল দিয়ে আলপনার ডিজাইন আঁকতে হয়।। প্রায় সকল ছাত্রীরই এ ব্যাপারে ভীষণ উৎসাহ ছিল। এই উৎসাহ ধরে রাখতে নন্দাদি, স্বাতীদি বিদ্যালয়ে আলপনা প্রতিযোগিতা চালু করলো।

সাংস্কৃতিক বিষয়ে মেয়েদের উৎসাহ বাড়ানোর জন্য আলপনার সাথে সাথে নাচ গান আবৃত্তির প্রতিযোগিতা বিদ্যালয়ে আরম্ভ হলো। শুধু বিদ্যালয়ের গন্ডি নয়, বিদ্যালয়ের বাইরে ব্লক, জেলা এমনকি রাজ্যস্তরের প্রতিযোগিতায়, যশোধরা বালিকা বিদ্যালয়ের ছাত্রীরা অংশগ্রহণ করতে গেলো।

নন্দাদি, কবিতা ভালো বলতে পারে, এমন একজন ছাত্রীকে দিয়ে মুখস্ত করলো প্রেমেন্দ্র মিত্রের কবিতা " দেবতার জন্ম হলো। " স্বাতীদি উচ্চারণ, ভাবপ্রকাশ ভালো করে দেখিয়ে বুঝিয়ে দিলো। তারপর? তারপর সে মেয়ে স্বপ্নটাকে সত্যি করে রাজ্য স্তরে গিয়ে প্রথম হয়ে ফিরলো। যশোধরা বালিকা বিদ্যালরের নাম উঁচু মহলে উঠে গেলো।

রবীন্দ্রনাথের ১২৫ তম জন্মবার্ষিকী। রাজ্য জুড়ে বিভিন্ন সাংকৃতিক প্রতিযোগিতার আয়োজন করা হয়েছে। ছাত্রীদের প্রতিযোগিতায় অংশগ্রহণের জন্য স্কুলে স্কুলে চিঠি পাঠানো হয়েছে। সেবারে আলোচনা প্রতিযোগিতার বিষয় ছিল –" আজও আমরা কেন রবীন্দ্রসাহিত্যের পড়ব।"

আবারো স্বাতীদি, নন্দাদি একজন ছাত্রীকে নিয়ে বসে গেলো। রবীন্দ্রনাথের গল্প, উপন্যাস, নাটক, পত্রসাহিত্য প্রতিটি বিষয় তাকে বোঝানো হলো। কিছু কিছু তাকে দিয়ে পড়িয়েও নেওয়া হলো।

স্বাতীদি বললো- " শোনো, আমাদের কাছে থেকে তুমি যা বুঝলে, বই পড়ে যা জানলে সবটা নিজের ভাষায় লেখো। প্রত্যেকটা বিষয়, সমাজের কোন দিককে তুলে ধরতে চেয়েছে , সেটা তোমাকে স্পষ্ট করে বলতে হবে। লেখক মানুষকে কি বার্তা দিতে চেয়েছেন, আজকের দিনে  তার প্রয়োজনীয়তা কতখানি সেটাও তোমাকে বোঝাতে হবে। "

বাধ্য ছাত্রী - তার সমস্ত চিন্তা ভাবনা খাতায় লিখে ফেললো। এবার চললো সংশোধন পর্ব। প্রথম বার সংশোধনের পর আবার সে পরিক্ষার করে লিখে ফেললো, আবার সংশোধন হলো। আবার পরিক্ষার করে লেখা হলো। এবার দেখা হলো, সে নির্দিষ্ট সময়ের মধ্যে সবটা শেষ করতে পারছে কিনা। সেটা দেখে কিছু বিষয় বাদ দেওয়া হলো, কিছু বিষয় সংযোজিত হলো, তারপর তৈরী হয়ে গেল প্রতিযোগিতার মুখ্য আলোচ্য বিষয়।

বিষয় বুঝে নিজেরই লেখা বক্তব্য, তাই সেই ছাত্রীর তৈরী হতে সময় লাগলো না। ব্লকে প্রথম, জেলায় প্রথম হয়ে রাজ্যস্তরে অংশগ্রহণ করতে চলে গেলো। সেখানেও বড়ো সাফল্য। যশোধরা বালিকা বিদ্যালয়ের জয় জয়কার।

ছাত্রীটি তার এই সাফল্যের খবর দিতে আসে শিক্ষিকা আবাসনে। এসে দেখে নন্দাদি, প্রায় জোর করেই স্বাতীদিকে কলপাড়ে বসিয়ে মাথায় শ্যাম্পু করিয়ে দিচ্ছে, আর বলছে –" সেই কবে থেকে বলছি, মাথাটা ময়লা হয়েছে, এবার শ্যাম্পু করো। কিছুতেই কথা শোনানো যাচ্ছে না। সেই আমাকে জোর করে বসাতে হলো। "

স্বাতীদি বলছে –" তুমি রাগ কোরোনা নন্দাদি, রোজই ভাবি মাথাটা পরিক্ষার করবো, কিন্তু আর হয়না। "

এবার নন্দাদি জোরে বলে উঠলো- " হয়না আবার কি? কাজিতো থাকবেই, সকলেরই থাকে। একটা নয়, হাজারো রকমের কাজ থাকবে, তার মধ্যেই

নিজের কাজটা সারতে হবে। পরের বার আমাকে যেন এ ব্যাপারে বকাবকি করতে না হয়। "

এমন সুন্দর দৃশ্য দেখে ছাত্রীর আর ভালো খবর দেওয়া হলো না। আবাসনের বাইরে আপন মনে হাসতে হাসতে চলে গেলো। বিকেলে এসে এ খবর দিলেই চলবে। এখন দিদিদের স্নানের সময়, এখন আসা ঠিক হয়নি।

আবাসনে এর উল্টোচিত্রও দেখেছে ছাত্রীরা। নন্দাদি সোজা হয়ে দাঁড়িয়ে আছে, স্বাতীদি, নন্দাদির লম্বা লম্বা চুলের ডগা সমান করে কেটে দিচ্ছে।

শিক্ষিকা আবাসনের দ্বার ছাত্রীদের কাছে অবারিত ছিল। যখন খুশী তারা যেতে আসতে পারতো।

একদিন বিকেলে গিয়ে একজন ছাত্রী দেখলো নন্দাদির ভীষণ জ্বর। স্বাতীদি স্কুল থেকে ফিরে নন্দাদিকে বলছে –" এই যে আমি এসে গেছি। দুপুরে

ট্যাবলেট ছিল। নিশ্চই ভুলে গেছো। ঠিক আছে, উঠে বোসো দেখি। আমি ধরবো? "

নন্দাদি বাধা দিয়ে বললো –" আমি ঠিক আছি। ধরতে হবেনা তোমাকে। " বলে উঠে বসলো।

স্বাতীদি খাবার আর ওষুধ একসাথে নিয়ে এসে বললো –" লক্ষ্মী মেয়ের মতো খাবারটা খেয়ে নিয়ে ওষুধটা খাবে, কেমন? আমি শাড়ি বদলে এসে খাচ্ছি। তুমি বসে থেকোনা, শুরু করে দাও। "

দিদিদের ব্যক্তিগত জীবনের এই ঘটনা দেখতে পেলে ছাত্রীরা ভাবতো কি অপার্থিব দৃশ্য তারা প্রত্যক্ষ করছে! আর নন্দাদি -স্বাতীদি হলে তো কোনো কথাই হবেনা, সে দৃশ্য তাদের কাছে কতখানি অপার্থিব, তা ভাষা দিয়ে প্রকাশ করা যাবে না।

নন্দা -স্বাতী দুই বোনের নাম। যশোধরা বালিকা বিদ্যালয়ের আত্মার নাম। কলকাতা শহর থেকে মুর্শিদাবাদের এক অখ্যাত স্কুলে পড়াতে এসে, যশোধরা বালিকা বিদ্যালয়কে খ্যাতির চূড়ায় পৌঁছে দিয়েছে তারা। অক্ষত হয়ে থাক দিদি-বোনের এই ভালোবাসা।

# ৪. কলি

মা বললো- " কলির বর খবর পাঠিয়েছে, ওকে নিতে আসবে, এবার কলি চলে যাবে। "

" এবার অনেকদিন থাকলো, তাই না মা? "

" হ্যাঁ, এবার কলি জেদ করেছিল - খবর না পাঠালে, নিতে না এলে, ও যাবে না আর। "

আমি অবাক হয়ে বললাম - " সেকি!  এখানে তাহলে থাকবে কার কাছে? "

বাবা, মা, দাদা, কলি চারজনের ছোট্ট সংসার। মাটি দিয়ে হাঁটের গাঁথনি, টালির চালা, মাটির মেঝে, সেখানেই চারজনে খেয়ে, না খেয়ে আনন্দেই থাকে।

হটাৎ কলির বাবা চলে গেল। দাদা তখন ষোলো, সতেরো বছরের। সেই সংসারের হাল ধরলো। তবে দাদার কি, একটা অসুখ ছিল। শারীরিক সক্ষমতা বিশেষ একটা ছিলো না। কিছুদিন পর সে ও চলে গেলো। এখন মা, মেয়ের সংসার। কি করে যে তাদের দিন কাটে, সে কেবল মা, মেয়েই জানে। আর জানেন ভগবান, যিনি এই নাট্য জগতের রূপকার।

এতো অভাবের সংসারে কলি পড়াশোনা ছাড়ে নি। এই ছোট বয়সে পাড়ার বাচ্চাদের অ, আ, ক, খ, A, B, C, D শেখানোর মাস্টারি চাকরি নিলো। তাতেই যা দু পয়সা হতো।

কলির পাড়ার কাছাকাছিই তার জ্যাঠা, কাকা, পিসিরা থাকতো। কেউ তার সঙ্গে যোগাযোগ রাখতো না।

ভগবান কলির ওপর আরো একধাপ পরীক্ষা চালালেন। কলির মাকে তুলে নিলেন। এই বিশালাকার পৃথিবীতে কলি একা, সম্পূর্ণ একা।

কলি বড়ো লক্ষ্মী মেয়ে। চোখ দুখানি সরলতাই ভরা। কথা বলতো ভীষণ দ্রুতগতিতে। তেমনই দ্রুত গতিতে হাঁটতো।

পাড়ার এম.এল.এ বাবু কলির দেখভালের দায়িত্ব নিয়েছিলেন। কলির টালির বাড়িতে কলি এখন একাই বাস করে। তার বাড়ির গাঁ-ঘেঁষা পড়শীও কলির খোঁজ খবর নেয়, খেয়াল রাখে। এই খোঁজ খবর নেয়া, খেয়াল রাখার পিছনে অবশ্য তাদের বিশেষ উদ্দেশ্য ছিল। কলির অতবড়ো জায়গা সমেত বাড়িটা যদি কোনোরকমে হস্তগত হয়, তাহলে পড়শিদের বাড়িটা দৈর্ঘ্য - প্রস্থে বর্গাকার রূপ পায়। এখন কেমন একটা আয়তাকার হয়ে আছে।

কলির সাথে পাশের বাড়ির পড়শিদের সম্পর্ক বেশ ভালোই। কলি সে বাড়ির ছেলেমেয়েদের দাদা, দিদি, ভাই বলে ডাকে। পাড়ার অনেকেরই ফাই-ফরমাস খেটে দেয়। বিনে পয়সার খাটুনি। তবে খুশি হয়েই করতো। কেউ কখনো টাকা দিতে এলে কলি হিসেবে করতো তার কতখানি খরচ হয়েছে। সেই বুঝে নিতো, বাকি টাকা ফেরত দিতো।

একবার আমার মা কলিকে বললো - " তুই আমার মেয়েদের ওদের মামা বাড়িতে নিয়ে যেতে পারবি? তোর দাদাতো এখানে নেই, আমি বাড়ি ছেড়ে যেতে পারছিনা। "

কলি এক কোথায় রাজি। আমরা দুই বোনে কলির সাথে মামার বাড়ি গেলাম। কলি নিয়ে যাচ্ছে, অতএব মা'ও নিশ্চিন্ত। কলির হাতে মা ছ'টাকা দিলো। এখন ভাবলে অবাক লাগে। সে সময় সেটাই যথেষ্ট। কলি আমাদের মামা বাড়ি রেখে এসে মা'কে বললো - " বৌদি, এতটাকা লাগেনি। ফেরত এসেছে, এই নাও। "

মা হেসে বললো - " ও টাকা তোর কাছে রাখ, আমি তোকে মিষ্টি খেতে দিলাম। "

অন্তত সৎ বুদ্ধিমতি মেয়ে কলি। তার অর্থ ছিলো না ঠিক, তবে অনেক বড় জায়গার ওপর একখানি টালির বাড়ি ছিল। তার অর্থমূল্য কি কিছু কম? এখনকার সময় হলে কত ছেলে যে কলির কাছে বিয়ের প্রস্তাব নিয়ে আসতো তার ঠিক নেই। তখন কেউ এসেছিলো কিনা জানিনা।

আসলে সে আমলে, ছেলে মেয়েদের নিজেদের পছন্দ মতো বিয়ে করাকে বাড়ির লোকেরা মেনে নিতে পারতেন না। সমাজ ও ভালো চোখে দেখতো না। তাই অনেকে পছন্দের কথা প্রকাশ করতে পারতো না। একথা বলতে গিয়ে, আমার ছোটবেলার একটি বিশেষ ঘটনার কথা মনে পড়ে গেলো।

আমাদের পাড়ার প্রাপ্তবয়স্ক একজন মেয়ে বাড়ি থেকে পালিয়ে বিয়ে করেছিল। ব্যাস - পাড়ার লোকেরা সেই বাড়ির গায়ে " বাজে বাড়ি " তকমা জুড়ে দিলো। ওই বাড়ির সামনে দিয়ে যাবার সময় ভুলেও বাড়ির দিকে তাকাতাম না। পরে বড়ো হয়ে বুঝেছি, ওই বাড়ির লোকেরা মোটেও বাজে ছিলোনা। বাড়ির কর্তা রেলের উচ্চ পদে চাকরি করতেন। ছেলে মেয়েরাও শিক্ষিত, সবাই পড়াশোনা করে। যাকে বিয়ে করেছে সেও সরকারি চাকুরী জীবি।

এসব দিক দিয়ে এখনকার সমাজ ব্যবস্থা অনেক ভালো। যদিও প্রবীণেরা বলবেন, এখনকার সমাজে নিয়ম নীতি বলে কিছু আছে? শুভ বুদ্ধি, ন্যায় অন্যায়, শৃঙ্খলা বোধ সব ভাঙ্গনে গেছে।

তবে সে আমলের পাড়ার মোড়লদের দাপটের চেয়ে এখনকার মিউনিসিপালিটি, পঞ্চায়েতিরাজ অনেক সুস্থ বন্দোবস্ত বলেই আমার মনে হয়। এখন সকলেই মাথা উঁচু করে কথা বলার সাহস দেখাতে পারে।

কলি এখনকার সময় জন্মালে স্কুল থেকে অনেক সাহায্য পেতো। দুপুরের খাবার চিন্তা ছিলোনা। মিড ডে মিল পেতো। সে আমলে পাড়ার এম. এল. এ বাবু কলির খাওয়া পড়ার কিছুটা দায়িত্ব নিয়েছিলেন।হয়তো সে কারণেই কলি সাহেসের সঙ্গে চলা ফেরা করতো। আত্মীয় স্বজনেরা খেয়াল রাখতো বলে মনে হয় না। খেয়াল রাখলে কি আর এম. এল. এ সাহেবের সাহায্য লাগে? মেয়েদের দায়িত্ব, এযুগে, সে যুগ, কোনো যুগেই কেউ নিতে চায়না।

এভাবেই অযত্নে, অবহেলায় কলি বড়ো হয়ে উঠেছিল। হটাৎ শোনা গেলো কলির বিয়ে ঠিক হয়েছে, পাত্র কে? কোথাকার? কি জাতের? সবচেয়ে বড়ো কথা কে ঠিক করলো?

এতো সব প্রশ্নের উত্তরে জানা গেলো, আমাদের পাড়ার একজন লালবাগে চাকরি করেন, তিনি এই সম্বন্ধ ঠিক করেছেন।

পাত্র সরকারি চাকুরিরতা, উড়িষ্যার ছেলে। ছেলের বাবা, মা পরিবারের লোকজন উড়িষ্যাতেই থাকেন। জাতি হিন্দু। আর কোনো ভাগ জানার কেউ কোনো প্রয়োজন বোধ করেনি।

ভদ্রলোককে কলির শুভাকাঙ্খী বলতে হয়। মূলতঃ তারই উদ্যোগে একদিন চাকুরীজীবি উড়িয়া পাত্রের সাথে কলির বিয়ের দিন ঠিক হয়ে গেলো। শুভদিন দেখে কলির বিয়ে হলো, নাকি মানুষের হাতে গোনা দিনে, এর উত্তর আজ আর কারো কাছেই পাওয়া যাবে না।

বিয়ের পর কলি বেশ কিছুদিন লালবাগেই ছিল। তারপর কলির বর সন্তোষ উড়িষ্যা বদলি হয়ে গেলে কলি উড়িষ্যায় চলে যায়। বহরমপুরে, অতবড় জায়গার ওপর তার ছোট্ট টালির বাড়িতে তালা ঝুলতে থাকে। পাশের পড়শি, দুচোখে আগলে রাখে কলির জায়গা বাড়ি। তাদের ডিঙিয়ে কেউ পৌঁছতে পারবেনা এই জায়গায়।

কলি উড়িষায় গিয়ে পরিচিত দু-একজনকে চিঠি লিখে জানিয়েছিল সে ভালো আছে। শশুর বাড়িতে সকলে তাকে ভালোবাসে। তবু বহরমপুরের জন্য তার মন খারাপ করে। বাবা – মা - দাদা না থাকলেও নিজের বাড়িতে তার খুব আসতে ইচ্ছে করে। চিঠিতে সে এ কথা লিখেছিলো।

বহরমপুরে আসার ইচ্ছের কথা শুনে পড়শি কর্তা বললো- " আহারে, বাপ্‌ মা মরা মেয়েটার বহরমপুরে আসার এতো সাধ, তা এসে উঠুক না আমার বাড়ি। কিছুদিন থাকুক এখানে, মনটা ভালো হয়ে যাবে। "

পড়শি গিন্নি খুশি হয়ে বললো - " ভালো কথা বলেছে, একটা চিঠি লেখো কলিকে, বলো - অনেকদিন আসিস না এখানে। একবার আয়, কতদিন দেখিনি তোকে। পাশের বাড়ির হলেই বা, তুই তো আমাদের নিজের মেয়ের মতোই। দেখতে বড়ো ইচ্ছে করে। তোর কাকিমা ক'দিন ধরে তোকে স্বপ্নে দেখছে, মনটা খুব খারাপ। একবার আয় না মা, এসে ঘুরে যা। "

সত্যি সত্যিই পড়শি কর্তা অন্তরের আকুল আর্জি জানিয়ে কলিকে লম্বা-চওড়া পত্র লিখে ফেললো। কলির উড়িষ্যার ঠিকানা জোগাড় করে, দুগ্গা দুগ্গা বলে ডাকে ছেড়ে দিলো।

তাদের অন্তরের ডাকে সারা দিয়ে, কলি অনেকবছর পর জন্মস্থলে এলো। পড়শিদের বাড়িতেই উঠলো। পড়শি আনন্দে গদ গদ হয়ে সাদর অভ্যর্থনা জানালো।

কলির বাড়ির এখন ভগ্নদশা। মাটির গাঁথনি থেকে মাটি ঝরে ঝরে পড়ে ফোকর হয়ে গেছে অনেক জায়গায়। মাথার টালিও ভেঙে গেছে কয়েকটা। দরজায় তালা ঝুলছে। চাবি কোথায় হারিয়ে গেছে। এসব দেখে কলির খুব কান্না পেলো। কিন্তু চোখের জল হজম করার ক্ষমতা কলি ছোট বয়স থেকেই আয়ত্ত করেছিল। তাই সে জল কারো দৃষ্টি গোচর হলোনা।

পড়শি কর্তা - গিন্নি কলির সেবা যত্নের কোনো ত্রুটি রাখছে না। শুধু পাশের পড়শি নয়, পাড়ার প্রায় সকল প্রতিবেশী কলিকে দেখে আবেগ প্রবণ হয়ে পড়ছে। কেউ কেউ কলির দুঃখের জীবন কাহিনী টেনে এনে চোখের জল ফেলছে। যে বাড়িতে যাচ্ছে, সে বাড়ির লোকেরাই কলিকে দুপুরে খাবার নিমন্ত্রণ জানাচ্ছে। সবার বাড়ি ঘুরে ঘুরে আদরে, আপ্যায়নে কলির, চোখের নিমিষে দু সপ্তাহ কেটে গেলো। একদিন দুপুরে কলির বরের চিঠি এলো, তাকে নিতে আসবে বলে লিখেছে।

কলি পাড়ার সবার কাছেই গল্প করেছে - তার বর তাকে খুব ভালোবাসে। শ্বশুরবাড়ির লোকেরাও খুব পছন্দ করে। তবে একটাই সমস্যা, সে পরিবারকে বংশধর দিতে পারে নি। তারা দুজনে অনেক ডাক্তারের কাছে গেছে, কোনো লাভ হয়নি। এই নিয়ে পরিবারের সঙ্গে তার বরের মন

কষাকষি চলছে। কলির বরকে দ্বিতীয়বার বিয়ের প্রস্তাবও দিয়েছে। সন্তোষ রাজি হয় নি।

এ ক'দিনে কলি তার বাড়ির তালা ভেঙে ঘরদোর পরিষ্কার করেছে। ঘরের জিনিসপত্র সাজিয়ে গুছিয়ে রেখেছে। ফুলের গাছগুলো অযত্নে সব মরে গেছে। কেবল টগর ফুলের গাছ, পেয়ারা আর কুলগাছ বেঁচে আছে। কলি তার মায়ের ব্যবহার্য কয়েকটি কাঁসার থালাবাটি প্যাকেটে মুড়িয়ে রাখলো। এবার উড়িষ্যা যাবার সময় নিয়ে যাবে।

সন্তোষ বহরমপুরে এলো। কলি যে বাড়িতে এখন থাকছে, সেই বাড়ির আতিথেয়তা গ্রহণ করলো। পড়শি কর্তা - গিন্নি জামাই আদরের কোনো ত্রুটি রাখেনি।

মেয়ে জামাইয়ের উড়িষ্যা ফেরার সময় হয়ে এলে, পড়শি কর্তা - গিন্নি তাদের কাছে কথাটা পারলো - " দ্যাখো সন্তোষ, তুমি তো আমাদের ঘরের ছেলে, সন্তানতুল্য, তাই বলছি - কলির বাড়িটা নষ্ট হচ্ছে, একদিক ভেঙেও পড়েছে। বাড়িটার কিছু ব্যবস্থা নাও তোমরা। তোমরা থাকো না, বাড়ি জঙ্গল হয়ে যায়। মাঝে মাঝেই আমরা জঙ্গল কাটিয়ে পরিষ্কার করে রাখি। তোমরা তো এখানে বাস করবে না। তাহলে বাড়ি ঘরদোর সরিয়ে নতুন করে করারও প্রয়োজন নেই। "

এবার পড়শি গিন্নি কলির মাথায় পিঠে হাত বুলিয়ে বললো - " তাই তো বলছিলাম মা - তোমরা যদি বাড়িটা আমাদের দিয়ে দাও, মানে আমরা কিনেই নেবো, তাহলে ভালো হতো না? বাড়ি বিক্রি করে দিচ্ছো বলে, বহরমপুর থেকে তোমাদের পাট উঠে গেলো তা তো নয়। যখনই কলির বহরমপুরে আসতে ইচ্ছে হবে চলে আসবে। এ বাড়িতেই উঠবে। এ তো তোমাদের নিজেদের বাড়ি। "

সন্তোষ হেসে বললো - " এ ব্যাপারে আমি কি বলবো? কলির যা মনে হয়, ও তাই করবে। "

পড়শি কর্তা বললো - "কলিকে অনেকবার বলেছি, ও কোনো উত্তর দেয়না। ওর কষ্টটা বুঝতে পারি, তবে এটা তো ফেলে রেখে কোনো লাভ নেই। ফাঁকা বাড়ি পরে আছে দেখে কোনদিন পাড়ার ক্লাব দখল করে নেবে, তার ঠিক নেই। আমরা আগলে আগলে রাখি বলে এখনো হাতছাড়া হয়নি। কিন্তু দীর্ঘদিন ধরে আগলে রাখা সম্ভব নয়। দিনকাল বড় খারাপ। তোমরা যা সিদ্ধান্ত নেবার তাড়াতাড়ি নিও। বেশি দেরি করোনা। "

কলি ফিরে যাবার আগে পড়শি কর্তাকে কি উত্তর দিয়ে গিয়েছিলো তা জানিনা। তবে পুরো ঘটনাটা পাড়ায় কিভাবে ছড়িয়ে পড়লো সেটা বড় আশ্চর্যের!

বেশ কয়েকটা বছর কেটে গেলো। কলির কোনো খবর নেই। হটাৎ কানাঘুসোতে শোনা গেলো - কলির বর আবার বিয়ে করেছে। কলি পরিবারকে বংশধর দিতে পারেনি, তাই সন্তোষের বাবা - মা জোর করে সন্তোষের বিয়ে দিয়েছে।

কলির বরের বিয়ে করার খবরটা শুনে আমার মনটা খারাপ হয়ে গেলো। কলির জীবন দুঃখ দিয়েই শুরু। বড় হয়ে বিয়ের পর একটু সুখের মুখ দেখবে ভেবেছিলো, সেটাও ভগবান কেড়ে নিলো। কি হবে এবার মেয়েটার?

কলিকে কেউ কখনো কাঁদতে দেখেনি। ভগবানের প্রতি তার ক্ষোভ থাকলেও, কখনো প্রকাশ পায়নি। এই ঘটনার পরেও সে কি ভগবানের বিরুদ্ধে তার ক্ষোভ অভিমান ধরে রাখতে পারবে? এতদিনে বুক খানা পাথর হয়ে যায়নি তার? সন্তোষের ভালোবাসা হারিয়ে সে নিজে কিভাবে বাঁচবে? কি জানি, ভগবানের কি ইচ্ছে?

হটাৎ একদিন কলির পাশের পড়শি গিন্নি খবর দিলো- " সামনের মাসে কলি আসছে গো। আসতে বলেছি আমরা। কি করবে আর ওখানে থেকে? বরং এখানে চলে আসুক। বাড়ি ঘরদোর সবই তো আছে ওর, সারালেই সব ভালো হয়ে যাবে। যতদিন না সারানো হচ্ছে থাকবে আমাদের কাছে। "

তারপর সত্যি একদিন কলি বহরমপুরে এলো। মুখের সেই হাসি উধাও। চোখের দৃষ্টিতে বিষণ্নতা স্পষ্ট ধরা পড়ছে। সবাই কলির কাছে জানতে চায় - " তোকে কি ওরা মারধর করে? খেতে দেয় ঠিক করে? সন্তোষ কথা বলে, নাকি কথা বলাও বন্ধ করে দিয়েছে? "

কলি জানায়- " কেউ তাকে মারধর করেনা, সন্তোষ কথা বলে। "

তবে কলি যাই বলুক, তার কথা শুনে মনে হচ্ছে - সন্তোষের প্রতি তার যে টান, ভালোবাসা ছিল, তা আর নেই। সন্তোষ আবার বিয়ে করেছে, বাচ্চা হয়েছে, তখন এটাই তো স্বাভাবিক। তবে তাদের বাচ্চা কলির কাছেই থাকে। কলি স্নান করিয়ে দেয়, খাওয়ায়, ঘুম পাড়ায়, রাতে কলির কাছে শুয়ে থাকে। কলিকে মা বলে ডাকে। নিজের মাকে চম্পা মা বলে।

নিজের না হলে কি হবে? এই ছেলের সাথেই কলি মাতৃত্ব, স্নেহ ভালোবাসার টানে জড়িয়ে পড়েছে। ছেলেটাকে রেখে এসে কলির মন খুব খারাপ।

সারাদিন - রাত্রি ছেলে তার পিছু পিছু মা - মা করে ঘোরে। এখানে এসে ছেলের মা ডাক, সবসময় কলির কানে বাজছে। এই মা ডাকই তাকে জীবনের অক্সিজেন যোগায়। তবে বেঁচে থাকার আনন্দ জোগাতে পারেনা।

কলি অনেক দুঃখ, কষ্ট সহ্য করেছে। তবে জীবনের একমাত্র আনন্দ, ভালোবাসা ভাগ হয়ে যাওয়াকে সে মেনে নিতে পারেনি। জীবনের প্রতি তার আর কোনো আসক্তি নেই। এখন সে ভগবানের ডাকের অপেক্ষায় দিন গুনছে।

কলি মনে মনে স্থির করেছে - " সন্তোষ তাকে উড়িষ্যা ফিরতে না বললে, সে আর ফিরবেই না। ছেলের জন্য তার মনটা মাঝে মাঝে কেমন করে ওঠে । তখন ভাবে, ছেলে তো তার নিজের মায়ের কাছেই আছে। সে এতো ভাবছে কেন? ছেলে নিশ্চই ভালো থাকবে।

দিনকে দিন কলি রোগা হয়ে যাচ্ছে। শরীরটা কঙ্কাল সার হয়েছে, কিছুই প্রায় খায়না। পাড়া প্রতিবেশী তাকে কত বোঝায়, বলে " তুই কেন নিজের এতো অবহেলা করবি? তুই তো ছোট বেলা থেকে একা একাই বড়ো হলি, তোর ভয়টা কিসের? তোর নিজের বাড়ি আছে? অল্প বিস্তর জমি জমাও আছে? সে গুলো সব দেখে শুনে বুঝে নে এবার। তাছাড়া সন্তোষ তোকে মাসোহারা দিতে বাধ্য। সে সরকারি চাকরি করে। অথচ ডিভোর্স না দিয়ে আরেকটা বিয়ে করেছে। ওকে জেল খাটানো উচিৎ। "

জেল খাটানোর কথা শুনে কলির বুকের ভেতরটা কেঁপে উঠলো। সন্তোষ এতবড়ো একটা খারাপ কাজ, তার প্রতি অবিচার করলেও, কলি কোনোদিন তাকে জেল খাটাতে পারবেনা।

বহরমপুরে আসা একমাস হয়ে গেলো, সন্তোষের কোনো খবর নেই। সবাই বললো - " ঘর বাড়ি সারিয়ে নে কলি, আর উড়িষ্যা ফিরতে হবে না। তোর নিজের সব কিছু থাকতে, সতীনের ঘর করতে যাবি কেন? "

কেবল পড়শি গিন্নি বুদ্ধি দিলো - " এতো কিসের ব্যস্ততা কলি? যেমন আমাদের বাড়ি আছিস তেমনই থাকনা। তোর আমাদের বাড়িতে থাকতে কি কোনো অসুবিধা হচ্ছে? কিছু দিন অপেক্ষা কর, দেখনা সন্তোষ কি করে? "

কলির আজকাল বেঁচে থাকতে আর ইচ্ছে করেনা। মা বাবা দাদার জন্য মন খারাপ করে। মাঝে মাঝে ভাবে, মাকে একবার কাছে পেলে, মায়ের বুকে মাথা রেখে, জড়িয়ে ধরে চিৎকার করে প্রাণ ভরে কাঁদবে। কান্না জমে জমে বুকটা তার ভারী হয়ে গেছে। এ - ভার আর সে সহ্য করতে পারছে না।

হটাৎ কলির বরের চিঠি এলো। তাকে তাড়াতাড়ি উড়িষ্যায় ফিরতে লিখেছে। না, ভালোবাসার টানে নয়। ছেলের প্রাণ বাঁচানোর জন্য এখন কলিকেই ভীষণ প্রয়োজন। কলি চলে আসার পরেই, ছেলে ভীষণ অসুস্থ হয়ে পড়ে। সারাদিন মাকে খোঁজে। চম্পার কাছে সে একেবারেই থাকেনা। চম্পা কে দেখলেই চিৎকার করে কান্না শুরু করে। কলি যদি ফিরতে দেরি করে তাহলে ছেলেকে আর বাঁচানো যাবেনা।

চিঠি পেয়েই কলি গোছানোর তোড়জোড় শুরু করে দিলো। ছেলে এতো অসুস্থ, অথচ কেউ তাকে একবার জানানোর প্রয়োজন বোধ করলো না। এখন প্রবল সংকট কালে তাকে জানাচ্ছে। আগে জানালে কবেই সে ফিরে যেত। তার কি এখানে থাকতে ভালোলাগে? সন্তোষের ওপর অভিমান নিয়ে

জোর করে এখানে পড়ে আছে। কিন্তু এখন সে কি করবে? কত তাড়াতাড়ি পৌঁছুতে পারবে ছেলের কাছে?

কলির যাবার প্রস্তুতি দেখে পড়শি কর্তা বললো - " কলি চলে যাচ্ছো? সন্তোষ চিঠিতে ফিরতে লিখেছে? ঠিক আছে ভালোভাবে যাও। নিজের ঘর বাড়ি, সংসার বলে কথা। এখানে পরে থাকলে চলে? তবে যাবার আগে বাড়িটা রেজিস্ট্রি করে দিয়ে গেলে ভালো হতো না? এরা সবাই তোমার - ই ভাই। ভাইদের - ই না হয় দিয়ে গেলে। তোমার বাড়ি তোমার - ই থাকবে। এখানে এলে তোমার বাড়িতেই উঠবে। তোমার তো কোনো সংকোচের ব্যাপার নেই।

কলির তখন কোনো কথাই কানে ঢুকছিল না। পড়শি কর্তা কিসব কাগজপত্র এনে কলিকে সই করতে বললো। কর্তা মশাইয়ের সব রেডি-ই ছিল। কলি একবারও জানতে চাইলো না, এগুলো কিসের কাগজপত্র, সে কেন তাতে সই করবে? না জেনে, না পড়ে, না বুঝে কলি এক নিমিষে তাতে সই করে দিলো। তারপর ভালো শাড়ি পরে, শুধু মানি ব্যাগ হাতে নিয়ে, নিজের জিনিস পত্র সব ফেলে রেখে বেরিয়ে পড়লো। ফিরেও তাকালো না সে সবের দিকে।

বেরোনোর মুখে হটাৎ পড়শি কর্তা বললো - " বাড়ি রেজিস্ট্রি হলে মিষ্টিমুখ করতে হয়। উড়িষ্যা ফিরে সবাইকে মিষ্টিমুখ করাবে " - এই বলে কলির হাতে কিছু টাকা দিতে যাচ্ছিলো। কলি প্রবল আপত্তি জানালো, বললো - " না না ওসবের কোনো দরকার নেই। "

কর্তামশায়ের অনুরোধে কর্ণপাত না করে, সোজা হন হন করে বেরিয়ে গেলো। কলির তখন ছেলের কাছে ফেরার তাড়া। তাই বেশি কথা না বাড়িয়ে, রিক্সো ধরে সোজা স্টেশন।

তার পরের ঘটনা আর কেউ জানেননা। জানার প্রয়োজনও তো নেই কারো। ছেলে তার সুস্থ হয়ে, এতদিনে নিশ্চই অনেক বড়ো হয়েছে। ছেলে কি তার মাকে আগলে রাখে? সন্তোষের ভালোবাসা হারিয়ে ফেললেও, ছেলের ভালোবাসা কি সে ধরে রাখতে পেরেছে? না কি সেটাও হারিয়ে গেছে। ছেলের কাছে, মায়ের প্রয়োজনও ফুরিয়েছে বোধ হয়। এর উত্তর জানতে বড়ো ইচ্ছে করে। কে আছে, কে দেবে এসব প্রশ্নের উত্তর?

বেশ কয়েক বছর পর, কলির খবর এলো বহরমপুরে। কলি আর এই পৃথিবী নামক গ্রহে বাস করে না। সে তার বাবা, মা, দাদার কাছে, চিরকালের জন্য চলে গেছে, জীবনে একটু শান্তি পাবার আশায়, আর ফিরবে না।

# ৫. কাল মহিমা

মানুষের জীবন বড় বিচিত্র। জীবন কখন, কিভাবে, কোন ধারায় প্রবাহিত হবে, শুরুতে কোন ভাবেই তার আঁচ পাওয়া যায় না। আমাদের সুরভীদি, কখনো কি ভাবতে পেরেছিলেন, বাণপ্রস্থের দিনগুলো তিনি কোথায়, কেমন ভাবে কাটাবেন?

সুরভীদি, উত্তরবঙ্গের এক স্কুলের শিক্ষিকা, রসায়নের মানুষ, অগাধ পান্ডিত্য, বুদ্ধিমতী, সুন্দরী গুণবতী মহিলা। তিনি মূলত নাইন, টেন ইলেভেন, টুয়েলভের ক্লাস নেন। কিন্তু ফাইভ থেকে টুয়েলভ, সব ক্লাসের মেয়েরাই " সুরভী ম্যাডাম " নামেই পাগল। তারা তাঁকে ভালোবাসে, শ্রদ্ধা করে, আবার ভয়ও পায়। ডি গ্রুপ থেকে, প্রধান শিক্ষিকা - সকলেরই তিনি কাছের মানুষ, সুপরামর্শদাতা। কখনো কারো, এমনকি তাঁর অতি বড় শত্রুরও কোন নিন্দা করেছেন বলে, কেউ কখনো শোনেনি।

আধুনিককালে বাণপ্রস্থ ষাটের পরেই শুরু হয়। সুরভীদিরও বানপ্রস্থের সময় চলে এল। সকলেরই খুব মন খারাপ। বিশেষ করে ছাত্রীদের। তাঁর নিন্দুকেরাও কষ্ট পাচ্ছেন। প্রকাশ্যে কিছু বলছেন না। তবে মনে মনে তাঁরাও ব্যথিত। কারণ তাঁদের বিপদের দিনে এই সুরভীদিই ছিলেন একমাত্র ভরসা। সবার আগে পাশে দাঁড়াতেন। তাঁর তো শত্রু, মিত্র জ্ঞান নেই।

তবে যাঁর অবসরের দিন এগিয়ে এলো, তাঁর মনের অবস্থা কেউ জানেন না। তিনি আজকাল প্রায়ই বলেন - " এখন আর পড়িয়ে তেমন আনন্দ পাই না, যত তাড়াতাড়ি অবসর নেওয়া যায়, ততই ভালো। "

৩১শে জুলাই সুরভীদির রিটায়ারমেন্ট। এটা মার্চ চলছে। এপ্রিল মাসের ক'টা দিন পরেই গরমের ছুটি। ছুটির পরেই তাঁর চলে যাওয়া। প্রধান শিক্ষিকা বেশ বড়সড় অনুষ্ঠান করে তাঁর বিদায়ের দিনটিকে স্মরণীয় করে রাখতে চাইছেন। সহ শিক্ষিকারা মেয়েদের নিয়ে অনুষ্ঠানের প্রস্তুতি শুরু করেছেন।

হটাৎ সুরভীদি স্টাফরুমে এসে বললেন - " শোনো তোমরা, - আমার জন্য কোনো ফেয়ারওয়েল অনুষ্ঠানের আয়োজন করবে না। আমি, নিজের জন্য এ ধরণের অনুষ্ঠান একেবারেই পছন্দ করি না। আমি মনে করি ফেয়ারওয়েল অনুষ্ঠান মানে, আমার স্কুলটা পরদিন থেকে আর আমার থাকবে না, আমার কাজের কোটা শেষ, এই কথাটা স্পষ্ট করে বুঝিয়ে দেওয়া। "

তারপর একটু নীচুস্বরে বললেন " এই স্কুল আমার জীবনের সব। তাই আমার স্কুলকে আমি আনুষ্ঠানিক বিদায় জানাতে পারবো না। এটা ঠিক,

অবসর পাবার জন্য আমি ভেতরে ভেতরে অস্থির হয়ে উঠেছি। ৩৪ বছর হয়ে গেলো এখানে আছি। আর ভালো লাগছে না। এবার অন্য কাজ করবো। ছোটবেলা থেকে যে সব কাজ ভেবে এসেছি, এখনো পর্যন্ত করে উঠতে পারি নি, এবার সে সব কাজ করবো। "

নিন্দুকেরা বললেন - " সবেতেই কিছু একটা স্পেশালিটি দেখতে হবে, যাবার আগে সেটা না করলে কি চলে? যত সব ফালতু কথা। আমরা কিন্তু ফেয়ারওয়েল নেব। বেশ ঘটা করে বড়সড় অনুষ্ঠান করবে, সুন্দর করে মানপত্র লিখবে। নিজেরা না পারলে, বাইরে থেকে লিখিয়ে আনবে। এখন সব পাওয়া যায়। এত বছর যে চাকরি করলাম, এটাই তো তার স্বীকৃতি, তাই না? কেন নেবো না?

এক, দুজন বাদে সবাই এই রায়কে সমর্থন করে জানালেন - চাকরি জীবন শেষে ফেয়ারওয়েলটাই সবচেয়ে বড় স্মৃতি। সেই স্মৃতিকে তাঁরা কোনভাবেই বিস্মৃতি হতে দিতে পারেন না।

এই স্কুলের সমস্ত শিক্ষিকাদের ফেয়ারওয়েলের অনুষ্ঠান সুরভীদি নিজে মেয়েদের দিয়ে করান। প্রতিটি অনুষ্ঠানের উপস্থাপনা অত্যন্ত সুন্দর এবং মনোগ্রাহী। অথচ সেই তিনিই নিজের ক্ষেত্রে আপত্তি তুললেন।

আমি সুরভীদির একনিষ্ঠ ভক্ত। তাঁর আপত্তির কথা শুনে আমার মনে হয়েছিল, উনি ঠিক সিদ্ধান্তই নিয়েছেন। কারন এই স্কুলে সবাই তো তাঁর শুভাকাঙ্ক্ষী নয়। এই সিদ্ধান্তে তাঁরা খুশিই হবেন। আমাদের সকলের আর্থিক সচেতনতা অত্যন্ত বেশি। সেদিক থেকে এটা খুশির খবর।

সুরভীদির মনে অবশ্য এসব খারাপ চিন্তা কোনো ভাবেই আসে না। সেই ছোটবেলা থেকে দেখে আসছি তিনি কোনদিন উপহার গ্রহণ করতেন না। বলতেন - " আমাকে তোমরা উপহার দেবে না। কোথায় রাখবো? আমার ছোট ঘর, দিতে ইচ্ছে হলে ফুল দিও। পায়ে হাত দিয়ে প্রণামও কখনো করতে দিতেন না। "

পায়ে হাত দিয়ে প্রণামের বিষয়ে একটা ঘটনার কথা মনে পড়ে গেল। একবার সুরভীদির সঙ্গে তাঁর বি.এড কলেজের এক অধ্যাপিকার বাড়ী গিয়েছিলাম। তিনি তাঁর এই গুণবতী ছাত্রীটিকে বিশেষ পছন্দ করতেন।

" তোমার সঙ্গে কে?"

সুরভীদি বললেন - " আমার ছাত্রী। "

" ও তাহলে আমার নাতনি ছাত্রী হবে" হাসতে হাসতে অধ্যাপিকা বললেন।

সেটা শীতকাল, রোদ ওঠেনি, চারিদিক কুয়াশায় ভরা। আকাশে আবার মেঘও করে আছে। হটাৎ বৃষ্টি এল।

অধ্যাপিকা বললেন - " তোমরা কি চটি বাইরে খুলেছো? "

আমরা সম্মতি জানাতেই, উনি বললেন - " শীঘ্রই তুলে নিয়ে এস, বৃষ্টিতে ভিজে যাবে, পরতে পারবে না। "

সুরভীদি তাড়াতাড়ি ঘর থেকে বেরোবার উপক্রম করতেই, অধ্যাপিকা বাধা দিয়ে বললেন - " না, না তুমি না। " তারপর আমার দিকে তাকিয়ে বললেন - " তুমি দৌড়ে গিয়ে জুতোগুলো তুলে নিয়ে এসো তো। "

আমিও একছুটে গিয়ে জুতো গুলো তুলে এনে বারান্দায় রাখলাম।

নির্দেশ মান্য হতেই অধ্যাপিকা খুশি হয়ে বললেন - " তোমার ছাত্রী, গুরু মশাইয়ের এইটুকু সেবা করবে না? তাহলে আর কিসের শিক্ষা লাভ?"

এদিকে সুরভীদি তো ব্যস্ত হয়ে উঠেছেন আমার হাত ধোয়াবার জন্য। অধ্যাপিকার সেদিনের সেই নির্দেশ তখন আমার খুব ভালো লেগেছিল সে কথা বলবো না। তবে, আজকের দিনে বললে - চটি জোড়া মাথায় তুলে আনতাম। জীবনের সকল পাপ, অপরাধ তাতে নিশ্চয়ই ধুয়ে মুছে যেত, পুণ্যলাভ হত আমার।

সুরভীদি বিয়ে থা করেন নি। তাই স্বামী, শ্বশুর, শাশুড়ি, ছেলে, পুলে নিয়ে তাঁর সংসার নয়। তাঁর সংসারের সবটা জুড়ে আছে ছাত্রীরা। আর আছেন দাদা, দিদি, ভাইপো, ভাইঝি। আত্মীয়, পরিজন, সকলের সঙ্গেই তাঁর খুব ভালো সম্পর্ক। সকলের সঙ্গেই তিনি যোগাযোগ রাখেন। সকলেই তাঁর আপনজন। কিন্তু এই আপনজনেরা সকলেই কি নিঃস্বার্থভাবে সুরভীদিকে আপন ভাবতে পারেন? সময়ই এর উত্তর দিতে পারবে।

তবে সুরভীদি রিটায়ারমেন্টের পর, চলে এলেন হায়দ্রাবাদ। সকলে খুব অবাক হল। বঙ্গ দেশ ছেড়ে সোজা ভিন রাজ্যে!

সুরভী দি মানুষটাই ঈশ্বরের আশ্চর্য সৃষ্টি। তাঁর কথাবার্তা, তাঁর ব্যবহার, আর পাঁচজন সাধারণ মানুষের চেয়ে একেবারেই আলাদা। তাঁর আতিথ্য লাভের সুযোগ জীবনে একবার যে পেয়েছে, সে বারবার তাঁর, সান্নিধ্য লাভের জন্য ছুটে আসবে।

ছাত্রীদের তো বটেই, যে পাড়ায় তিনি থাকতেন, সে পাড়ার সব মানুষেরা, এমন কি রিক্সাওয়ালা, সবজিওয়ালা, বাড়ির কাজের লোক, সকলের বিপদে তিনিই ছিলেন একমাত্র ভরসা। তাঁর কাছে কেউ কিছু চাইতে গেলে, নিরাশ হয়ে ফিরতে হতো না।

এরকম একজন মানুষের বিশেষ কোন বন্ধু ছিল না। আসলে তাঁর পান্ডিত্য এতটাই ছিলো, কোনো মানুষ, তিনি নারী, পুরুষ যেই হোন না কেন, তাঁর ধারে, কাছে পৌঁছতে পারতেন না। তবে পান্ডিত্য নিয়ে কোন অহংকার তাঁর ছিল না।

আসলে তিনি নিজেই জানতেন না, তাঁর জ্ঞানের ভাণ্ডারে কত মণি - মাণিক্য জমা হয়ে আছে। এত প্রতিভাময়ী হয়েও, উচ্চতর, তার চেয়ে আরো উচ্চতম পদলাভ, ক্ষমতাশালী হবার লক্ষ্যে তিনি কখনো দৌড়ান নি।

তাঁর কাছে হাতছানি যে আসেনি তা নয়। তিনি সে সব হেলায় সরিয়ে দিয়েছেন। তাঁর বক্তব্য - " বেশ তো আছি ", লেখাপড়া শেখাবার জন্য সরকার যা দেয়, তাতে বেশ ভালোই চলে যায়, আবার কি? এর বেশী কিছু আমার লাগবে না। "

উনার সত্যই কিছু লাগে না। ফ্রিজ লাগে না, টিভি লাগে না, সাদা কালো এন্টেনা জামানার একটি টিভি ছিল, সে বহুকাল বন্ধ। এখন সেটা তাকের কাজ করে। টিভির মাথায়, আশে পাশে বই -পত্র, পেন - পেন্সিল ছাড়াও আরো কত রকমের জিনিস পত্র চাপানো আছে তার ঠিক নেই। ঘরে এ.সি! কখনো ভাবনায় এসে পৌঁছবে কিনা জানি না। তবে হায়দ্রাবাদে এসে বাথরুমে গিজার লাগিয়েছেন। আগে বড় এক কেটলি গরমজল নিয়ে স্নানে যেতেন। বারোমাসই একটু উষ্ণজলে স্নান করেন। না হলে ব্যথাতে কষ্ট পান।

সুরভীদির হাঁটা চলা, পোশাক, পড়া বোঝানোর ধরণ, কণ্ঠস্বর এবং তাঁর অসাধারণ ব্যক্তিত্ব ছাত্রীদের ভীষণ ভাবে আকর্ষণ করতো। রঙিন শাড়ি পরতেন। তবে সবই ভীষণ হালকা রঙের তাঁতের শাড়ি। ছোট পাড়, গায়ে কোন কাজ থাকবে না। এমনটি সাদা, সাদা গুটি গুলোও থাকতে পারবে না। সিল্কের শাড়ি পড়তে আমি কখনো দেখিনি। শাড়ির সাথে মিলিয়ে কপালে একটা ছোট টিপ পড়তেন। মাথার পিছনে লম্বা বিনুনি। বিশেষ অনুষ্ঠানে চুলে ফুল দিতেন। কানে দুল, নাকে নাকছবি, চোখে কাজল, ঠোঁটে লিপস্টিক, হাতে লম্বা নখ, নখে নেলপালিশ পরতে কেউ কখনো দেখে নি। এক হাতে ঘড়ি, অন্য হাতে সোনার বালা পড়তেন। গলায়

থাকতো সোনার সরু চেন। সারা বছর এমনকি বিয়ে, পৈতে অন্নপ্রাশনেও সাজের বদল হত না। এমন রাশভারি, ব্যক্তিত্ব সম্পন্ন ম্যাডামকে দূর থেকে দেখলেই ছাত্রীদের কোলাহল বন্ধ হয়ে যেত।

প্রকৃতির সান্নিধ্যে থাকতে সুরভীদি পছন্দ করতেন। তাঁর ছাত্রী মধুমিতাদি এমনই একটি জায়গার ব্যবস্থা করে দিয়েছে। হায়দ্রাবাদের মনসা হিলসের হাউসিং কমপ্লেক্সের তিনতলায়, বারোশো স্কোয়ার ফিটের দুই কামরায় সুরভীদি এখন থাকেন। সব ছাত্রীই সুরভীদির ছায়া সঙ্গী হয়ে থাকতে ভালোবাসে। মধুমিতাদি একটা সুযোগ পেয়ে সেটা আর হাতছাড়া করতে চায়নি। কর্মসূত্রে মধুমিতাদি এখন হায়দ্রাবাদে থাকে। সুতরাং সুরভীদি'র সঙ্গে এখন তার নিত্যই যোগাযোগ ঘটে।

মনসা হিলসের হাউসিং কমপ্লেক্স ভীষণ সুন্দর। একদিকে পাহাড়, পাহাড়ের উল্টোদিকে হিমায়েৎ সাগর, চারধারে সবুজ গাছপালা, পাথুরে লাল মাটি, ময়ূরেরাও সেখানে ঘুরে বেড়ায়। শান্ত নিরিবিলি পরিবেশ। প্রকৃতির সাথে কথা বলেই সময় কাটিয়ে দেওয়া যায়।

হায়দ্রাবাদে এসে তিনি কোন রান্নার লোক রাখেন নি। এখানে সবই তেলেগু রান্নার লোক। তাদের কেউ কেউ বাঙ্গালী রান্না আজকাল শিখেছে। তবে সে কারনে নয়। সুরভীদি ছোটবেলায় পড়া ফেলে মায়ের সঙ্গে রান্নাঘরে ঢুকতেন। রুটি বানাতে ভালোবাসতেন। বলতেন- " মা, আমি বড় হয়ে তোমার মত রান্নাবান্না করবো, পড়াশোনা করবো না। "

সেই রান্নাবান্নাটাই এতদিন পর্যন্ত তাঁর করা হয়ে ওঠে নি। এবার করবেন। তা না হলে মাকে দেওয়া কথা রাখা হবে না।

সত্তর, আশি, নব্বইয়ের দশকেও সুরভীদি ভীষণ রেডিও শুনতেন। এখন সে পাট বন্ধ। আগে একটা ল্যান্ড ফোন ছিল। হায়দ্রাবাদে সেটা নেই। নতুন স্মার্টফোন হয়েছে। তবে কেবল ফোন করা, আর ফোন ধরার কাজে ব্যবহার করা হয়। বাকি আর কোন কিছুই তাঁর প্রয়োজন পড়ে না।

সুরভীদি অগাস্ট মাসে হায়দ্রাবাদে এসেছেন। তারপর থেকে কোন একটা মাসও তিনি একা কাটান নি। আজ ছাত্রী, ছাত্রীর পরিবার, কাল আত্মীয়স্বজন, পরিচিত বন্ধু, বান্ধব আসতেই আছে। হায়দ্রাবাদে এলেই সোজা দিদির ফ্ল্যাট। কাউকেই তিনি না বলতে পারেন না। এক হাতেই বাজারহাট, রান্নাবান্না সব সামলান। কি করে পারেন, কে জানে? রান্নাও করেন চমৎকার। কে বলবে এতকাল রান্না করেন নি!

সমসাময়িক লেখক, শিল্পী, অনেকের সঙ্গেই তাঁর বন্ধুত্বপূর্ণ সম্পর্ক ছিল। নিয়মিত চিঠিপত্রের আদানপ্রদান হত। একজন বিখ্যাত সাহিত্যিক তাঁকে " মা " বলে সম্বোধন করে চিঠি লিখতেন। তিনি ইচ্ছা করলেই বিখ্যাত সাহিত্যিক বা শিল্পী হতেই পারতেন। সেই পাণ্ডিত্য তাঁর ছিল। কিন্তু নাম, ডাকের ভিড় থেকে তিনি নিজেকে সরিয়ে রাখতে ভালোবাসতেন।

একবার কলেজ জীবনের বান্ধবী বাসবীদি, তাঁর মেয়ে - জামাই, নাতনী নিয়ে হায়দ্রাবাদে এসে সুরভীদির কাছে উঠলেন। ইদানিং কালে তিনি হাঁপিয়ে উঠছিলেন। প্রকৃতির সান্নিধ্যে এসে তাকে প্রাণ ভরে উপভোগ করবেন ভেবেছিলেন, কিন্তু লোকজনের সেবা, আর রান্নাবান্না করতে গিয়ে, তা বন্ধ হবার উপক্রম। অনেকেই সুরভীদিকে পরামর্শ দিয়েছেন - " তুমি এবার না বলতে শেখো। " কিন্তু কোনদিনই তা শেখা হয়ে উঠলো না।

বাসবীদিরা সবাই মিলে ঠিক করলেন তাঁরা শ্রীশৈলম ঘুরতে যাবেন। শ্রীশৈলম হায়দ্রাবাদ থেকে দুশো কিলোমিটার দূরে অবস্থিত, অন্ধ্রপ্রদেশের মধ্যে পড়ে। এটি পাহাড়ের ওপরে ছোট শহর। এখানে ভগবান মল্লিকার্জুনের মন্দির আছে। শিব এখানে মল্লিকাজুর্ন, আর পার্বতী ব্রহ্মারম্ভা হিসাবে পূজিত হন। এটি দ্রাবিড় রীতিতে নির্মিত একটি প্রাচীন মন্দির। এই মন্দিরকে ভগবান শিবের বারোটি জ্যোতির্লিঙ্গের অন্যতম এবং দেবী পার্বতীর আঠারোটি শক্তি পীঠের একটি হিসাবে গণ্য করা হয়। বিজয়নগর স্থাপত্যের নিদর্শন এখানে রয়েছে।

শ্রীশৈলমের সঙ্গে বিমানের কাহিনী বিশেষভাবে জড়িয়ে আছে। ভারতীয় পুরাণের এটি একটি গুরুত্বপূর্ণ গল্প। গল্পের প্রেক্ষাপট হল, এই রাজ্যে বাস করতেন এক দানব। তিনি দেবতাদের থেকে তাঁদের শক্তি চুরি করার চেষ্টা করছিলেন। দেবতাদের সহায়তার জন্য, শিব শ্রীশৈলমে আসেন। তিনি সেখানে একটি অলৌকিক বিমান নির্মাণ করেন। বিমানটি প্রচণ্ড শক্তিশালী এবং আকাশে উড়তে সক্ষম ছিল। এই বিমানই দানবকে পরাজিত করতে সাহায্য করে এবং দেবতাদের মধ্যে আনন্দের সৃষ্টি করে। এই ঘটনা শ্রীশৈলমের পবিত্রতা এবং মাহাত্যকে আরও বাড়িয়ে দেয়।

শ্রীশৈলম যাওয়ার পথটি বড় সুন্দর। যাওয়ার পথে পড়বে নাগার্জুন সাগর, শ্রীশৈলম নাল্লামালা অভয়ারণ্য। এটি বাঘের জন্য ভারতের বৃহত্তম সংরক্ষিত অরণ্য। তাছাড়া বিভিন্ন প্রজাতির উদ্ভিত এবং প্রাণিকুলের প্রাকৃতিক আবাসস্থল এটি। এ জায়গার বিশেষ আকর্ষণ হল - আক্কা মহাদেবী গুহা, পাতালগঙ্গা আর শিকারেশ্বর মন্দির।

বাসবীদি খুব আনন্দ করে মেয়ে জামাই, নাতনি কে নিয়ে শ্রীশৈলম ঘুরে চলে গেলেন। ঠাকুর দেবতার প্রতি সুরভীদির মনের ভাবাবেগ আমি জানি না। তবে এখানকার নদী, পাহাড়, অরণ্যের অপূর্ব মিশেল তাঁর মনকে আবিষ্ট করে তুলেছিল। তাই তিনি স্থির করলেন-আরেকবার তিনি একাই আসবেন শ্রীশৈলম ঘুরতে।

এরই মাঝে সুরভীদির ছোটদার ছেলে রাতুল এসে হাজির। রাতুল কলকাতায় থাকে। সদ্য চাকরি করতে মুম্বাই গেছে। কয়েকদিনের ছুটিতে হায়দ্রাবাদ এসেছে। এসেই আবদার - " পিসিমণি চলো শ্রীশৈলম যাই। " পিসিমণির আগেই শ্রীশৈলম যাবার ইচ্ছে ছিল। তবে একা। যাই হোক ভাইপোকে নিয়ে আবার শ্রীশৈলমের উদ্দেশ্যে বেরিয়ে পড়লেন।

দু পাশের মনোরম দৃশ্য দেখতে দেখতে যাচ্ছেন। পথের পশে অক্টোপাস ভিউ পয়েন্টেও ঢুকলেন। সে এক দারুন অভিজ্ঞতা। অনেকে বলছেন - গরমকালে বাঘেরা এখানে নীচে বয়ে যাওয়া কৃষ্ণা নদীতে জল খেতে আসে। তাই এখানে একটা ভয় ভয় ব্যাপার আছে।

পাহাড়ী পথ বেয়ে উপরে উঠেই, পথের মাঝে পড়ে সাক্ষী গণপতি। এটি মূল মন্দির থেকে দুই কিলোমিটার দূরে অবস্থিত। কৈলাস পর্বতের মতো শ্রীশৈলম ক্ষেত্রকেও শিবের বাসস্থান মনে করা হয়। বিশ্বের পিতা -মাতা, শিব পার্বতী কৈলাশ ছেড়ে মাঝে মাঝেই শ্রীশৈলম ক্ষেত্রের এই নতুন বাড়িতে অবস্থান করতে আসেন। তাঁদের সন্তান গণপতিও এখানে থাকেন। প্রথমে গণপতির দর্শন সারতে হয়। তাঁকে দর্শন করে সাক্ষী রেখে শিব পার্বতী দর্শনে যেতে হবে। তবেই পুণ্য লাভ ঘটবে।

সাক্ষী গণেশ দর্শন করে, তাঁকে সাক্ষী রেখে সুরভীদি, রাতুল যখন বেরিয়ে আসছেন, একজন ভদ্রলোক এসে পরিষ্কার বাংলায় বললেন –" আপনারা বাঙালী, তাই না? "

রাতুল বলল - " হ্যাঁ । "

ভদ্রলোক বললেন - " আমি দেখেই বুঝতে পেরেছি, তাই সাহস করেই বলতে এলাম। আমার গাড়ীটা একটু সমস্যা করছে। ড্রাইভার গেছে, খোঁজ খবর নিয়ে সরিয়ে আনবে। আসলে আমার শরীরটা খারাপ লাগছে। হোটেলে শুয়ে, একটু রেস্ট নিলেই ঠিক হয়ে যাবো। হরিথা বুক করা আছে। আপনারা কোথায় উঠবেন? "

রাতুল বললো - " আমরাও হরিথাতে উঠবো। " একথা বলার আগেই অবশ্য রাতুল ভদ্রলোক কে ভলো করে দেখে নিয়েছে। খারাপ মনে হয়নি।

ভদ্রলোক বললেন - " কষ্ট করে, আপনারা যদি আমাকে একটু সঙ্গ দেন, তাহলে তাড়াতাড়ি হোটেলে পৌঁছতে পারি। "

রাতুল পিসিমণির দিকে একবার তাকালো, বোঝালো ভয় নেই। তারপর ভদ্রলোককে নিয়ে হরিথা পৌঁছে গেল।

সকালে ব্রেকফাস্ট করতে এসে আবার ভদ্রলোকের সঙ্গে দেখা হল।

পিসিমণি জিজ্ঞাসা করলেন- " কেমন আছেন?"

ভদ্রলোক একগাল হেসে বললেন - " ভালো, আপনারা ওখানে কেন? আসুন না এক টেবিলেই বসি। জমিয়ে আড্ডা হবে। "

আড্ডায় যা জানা গেল - ভদ্রলোকের নাম অমিতাভ চক্রবর্তী। প্রেসিডেন্সি থেকে ইংরেজিতে অনার্স করে এম-এ করেছেন। তারপর নিজের ইচ্ছেয় পুণে ফিল্ম ইনস্টিটিউট থেকে এডিটিং নিয়ে পড়াশোনা করেন। খুব নাম করা না হলেও, মুম্বাইয়ের বেশ কিছু ফিল্মে এডিটিংয়ের কাজ করেছেন। তারপর চলে আসেন হায়দ্রাবাদ।

দক্ষিণে সিনেমা ব্যবসাটা রমরমিয়ে চলছে এখন। বিশেষতঃ তেলেগু ছবির বাজার এখন তুঙ্গে। অমিতাভ বাবু পরপর কয়েকটি হিট তেলেগু ছবিতে এডিটিংও করেছেন। এছাড়া তাঁর আরো একটি পরিচয় আছে। তিনি হায়দ্রাবাদের শ্রীনিবাস নাইডু কলেজে এডিটিংয়ের অধ্যাপক। রাতুল আড্ডার ফাঁকেই গুগল খুঁজে দেখে ফেললো অমিতাভ চক্রবর্তীকে। বেশ নাম, ডাক আছে ভদ্রলোকের।

কথায় কথায় এবার বেরিয়ে এল অমিতাভ চক্রবর্তী রাজেন্দ্রনগরের মনসা হিলসেই থাকেন। তিনি এবং তাঁর কয়েকজন নিকট আত্মীয় এবং বন্ধু বান্ধব মিলে মনসা হিলসে জায়গা কেনেন। সেখানেই কমপ্লেক্স বানিয়ে তাঁরা একসাথে থাকেন।

রাতুল জিজ্ঞাসা করল - " আঙ্কেল, আপনি একাই এসেছেন? "

অমিতাভবাবু বললেন - " আমি একা ঘুরতেই ভালোবাসি। নিজের ইচ্ছে মত ঘোরা যায়। তবে এবার আমি একটা কাজ নিয়ে এসেছি। "

কাজের বর্ণনা দিতে গিয়ে তিনি বললেন " কৈলাশের শিব-পার্বতীকে, শ্রীশৈলম ক্ষেত্রেই দর্শন করে পুণ্যলাভ করা যায় এবং তার সাক্ষী হিসাবে উপস্থিত থাকেন গণেশ - এই বিষয়ের উপর নির্মিত হবে একটি তথ্যচিত্র। সাক্ষী গণেশ আগে দর্শন করতে হবে, তবেই শিব - পার্বতী দর্শনের পুণ্যলাভ হবে এ বিষয়টিই তথ্যচিত্রে স্পষ্ট করে তুলে ধরা হবে। তাই এই বিষয়ের ওপর যত তথ্য আছে, সেগুলি খুঁজে বের করতেই এখানে আসা। সেই সঙ্গে তুলে ধরা হবে শ্রীশৈলমের প্রাকৃতিক সৌন্দর্য। "

এ কথা শুনে রাতুল বলল - " আমি আর পিসিমণি এই বিষয়ে কিছুটা পড়াশুনা করে এসেছি। আমার চেয়ে পিসিমণি জানেন বেশী। আমরা আপনার কাজে একটু সাহায্য করতে পারি। "

সুরভীদি বললেন- " দূর, আমরা আর কতটুকু জানি, এ দিয়ে উনার কিছুই হবে না। "

অমিতাভবাবু বললেন - " কে বলেছে হবে না। আমি তো সবার কাছ থেকেই তথ্য সংগ্রহ করছি। "

এই ক'দিন তাঁরা তিনজনে একসাথেই ঘুরলেন। প্রচুর ছবি, তথ্য সংগ্রহ হল। খোঁজ খবর নিতে গিয়ে জানতে পারলেন, ছত্রপতি শিবাজী শত্রু বিনাশে শক্তি লাভের প্রার্থনা জানাতে এখানে এসেছিলেন।

খুব ভালো ঘোরা হল তাঁদের। খুশি মনে সবাই মনসা হিলসে ফিরে এলেন। রাতুলও মুম্বাই ফিরে গেল।

রাতুল চলে যাবার পরদিনই, সুরভীদি রাস্তায় হাঁটতে হাঁটতে হঠাৎ পড়ে গেলেন। উঠতে চেষ্টা করছেন, কিন্তু পারছেন না। এখানে, চারপাশে বাড়ি তৈরী হচ্ছে। একজন রাজমিস্ত্রীর ব্যাপারটা চোখে পড়তেই ছুটে এলো। কিন্তু সুরভীদি পায়ে ভর দিয়ে দাঁড়াতে পারলেন না। বুঝলেন পা ভেঙেছে, যন্ত্রণা হচ্ছে ভয়ংকর। রাজমিস্ত্রী ছেলেটি কোথা থেকে অটো নিয়ে এসে, ধরাধরি করে অটোতে তুলে, সুরভীদি'কে বাড়িতে পৌঁছে দিলো।

সুরভীদি তখন বুঝতে পারছিলেন না তাঁর কি করা উচিত। ডাক্তারের কাছে যেতেই হবে। রাতুলকে ফোন করে পরামর্শ চাইলেন।

রাতুল বলল - " তুমি ঐ পা নিয়ে জোর করে হাঁটাহাঁটি কোরো না। আমি অমিতাভ আঙ্কেলকে ফোন করছি। "

রাতুল ফোনে অমিতাভ বাবুকে পেয়ে গেল। উনি জানালেন - " তুমি কোন চিন্তা করো না। আমি এক্ষুনি যাচ্ছি। যা ব্যবস্থা নেবার নিয়ে, তোমাকে খবর দেব। "

সত্যিই রাতুলকে চিন্তা করতে হয়নি। অমিতাভ বাবু হসপিটালে নিয়ে যাওয়া, বাড়িতে ট্রাকসনের ব্যবস্থা করা, দু'বেলার আয়া ঠিক করা, রান্নার লোক জোগার করা, সব কিছুর সুবন্দোবস্ত করে দিয়েছেন।

মধুমিতাদিও এ সময়ে সুরভীদির কাছে এসে, তার পক্ষে যতটা সম্ভব ততটাই সাহায্য করেছে। মধুমিতাদিকে এ সময় এ সুরভীদি'র বড় আপনজন মনে হত।

কাজের লোক মেরী আগে থেকেই ছিল। এই দুঃসময়ে সে দারুন সেবা দিয়েছে।

অমিতাভবাবুর আত্মীয়স্বজন, বন্ধুবান্ধবেরাও সুরভীদির দেখভাল করেছেন। এই ক'দিন আগেও সুরভীদি তাঁদের চিনতেন না। এখন সুরভী দির বাড়ি এসে সেটা কোনভাবেই বোঝা যাবে না।

রাতুল সঙ্গে সঙ্গে আসতে পারে নি। এল দু সপ্তাহ পর। সবকিছু দেখে শুনে রাতুল শ্রীশৈলমের মল্লিকার্জুন বাবাকে ধন্যবাদ না দিয়ে পারলো না। পিসিমণি হায়দ্রাবাদে একা। অথচ তাঁর এই বিপদের দিনে কোথা থেকে, কিভাবে এত গুলো মানুষের সেবা পেলেন, ভাবলে সত্যই আশ্চর্য লাগে।

অমিতাভ চক্রবর্তীকে রাতুল যত দেখে, ততই অবাক হয়। অধ্যাপনা, পড়াশোনা, নিজের কাজ কর্মের মধ্যে ডুবে থাকা আত্মভোলা মানুষ। অথচ এই আত্মভোলা মানুষই, পিসিমণির সেবা-শুশ্রূষার কোন অবহেলা না হয়, সে দিকে তীক্ষ্ণ নজর রেখেছিলেন।

পিসিমণির বিনা পয়সায় এই সেবাযত্ন নিতে ঘোর আপত্তি ছিল। প্রচন্ড খারাপ লাগত, লজ্জাও করত। কিন্তু কিছুই করার ছিল না, এমন দুর্বিপাকে পড়েছিলেন।

এ সময় তাঁর আত্মীয়স্বজন, বন্ধু বান্ধব, ছাত্রীদের অনেক ফোন এসেছে। সকলেই হায়দ্রাবাদ আসতে চায়। সুরভীদিও তাঁদের আসতে বলেছেন। আসবে না বলাতো তাঁর স্বভাবে নেই। তবে তিনি অসুস্থ শুনে আর কেউ আসেন নি। তাঁরা সবাই এখানে বেড়াতে আসতে চান, আনন্দ করতে চান, সেবা দিতে কেউই ভালোবাসেন না। তাই তাঁর এই বিপদের দিনে কারোর দেখা মিললো না। কেবল মধুমিতাদি, তাঁর অফিস, সংসার সামলে যতখানি পেরেছে, সাধ্যমত করেছে।

পুরোপুরি সুস্থ হতে সুরভীদির প্রায় ছয় মাস লেগে গেল। এখনও একটু বেশী হাঁটাচলা করলে পায়ে ব্যথা হয়। সুরভীদির এই অসুস্থতায় অমিতাভবাবুর আত্মীয়স্বজন, বন্ধু বান্ধবেরা সবাই রাতুলদের নিকট আত্মীয় হয়ে গেছেন। রাতুলের বাবা, মা, তাঁদের খুব প্রশংসা করেন। তাঁদের সেবার জোরেই আজ সুরভীদি হেঁটে চলে বেড়াচ্ছেন।

রাতুল এখন ছুটি পেলেই হায়দ্রাবাদ দৌড়ায়। অমিতাভ আঙ্কেলের সঙ্গ তাঁর ভীষণ ভালো লাগে। কত কিছু জানেন তিনি, ভীষণ পন্ডিত মানুষ। ভাগ্যিস বিয়ে করেন নি। সংসারের প্যাঁচে পড়ে সব যেত তাহলে।

শুধু অমিতাভ আঙ্কুলই নয়, রাতুলের এই ঘন ঘন হায়দ্রাবাদ আসার আরো একটা কারন ইদানিংকালে স্পষ্ট হচ্ছে, সেটা হল রিয়া। অমিতাভ চক্রবর্তীর ভাইঝি। হায়দ্রাবাদ নিজামস মেডিক্যাল কলেজে ডাক্তারি পড়ে।

একদিন বিকেলে সুরভীদি, রাতুল, অমিতাভ চক্রবর্তী, তাঁর কিছু বন্ধুবান্ধব, রিয়া সকলে মিলে হিমায়েৎ সাগরের পাড়ে গেলেন আড্ডা দিতে। চা, কফি স্ন্যাকসের ব্যবস্থাও ছিল। প্রচুর গল্প, হাসাহাসি, গান সবই চলছিল। হঠাৎ

রাতুল বলে বসলো - " অমিতাভ আঙ্কেল আর পিসিমণি তো একসাথেই থাকতে পারো।"

একথায় পিসিমণি যতখানি অবাক হলেন, তার চেয়ে বেশী বিরক্ত হলেন। তবু তাঁর স্বভাবসিদ্ধ শান্ত গলায় বললেন - " মানুষের বয়স হলে সত্যিই সাহায্যের বড় প্রয়োজন। সব জায়গায়, সব বয়স্ক মানুষদের ক্ষেত্রেই এটা সমানভাবে প্রযোজ্য। সব বাবা মায়েরা বয়সকালে কি সন্তানের সাহায্য পান? খুব কম বাবা মায়ের ভাগ্যে জোটে। তবে হ্যাঁ, সন্তান থাকলে বাবা মায়েরা অধিকার দাবি করতে পারেন। সে দাবিও খুব কম জনের পূরণ হয়। আমি সেই দাবিদারের মধ্যে পড়ি না। কিন্তু সন্তান থেকেও, সন্তানের কাছ থেকে অবহেলা পাবার কষ্ট আমার নেই। সেদিক থেকে আমি সুখী। "

এখানেই থামলেন না, বললেন, " বয়সকালে একাকিত্বের যন্ত্রণা সব মানুষকেই ভোগ করতে হয়। আমাকেও হবে। এটা তো স্বাভাবিক ব্যাপার। তাছাড়া স্বামী স্ত্রী দীর্ঘজীবন একসাথে কাটাবেন, একথা কি কেউ জোর দিয়ে বলতে পারে? নিজের কাজ নিজে করতে পারাই শ্রেয়। তবে বেঁচে থাকতে গেলে সকলেরই অন্যের, তিনি আপন, পর যেই হোন না কেন, তাঁর সাহায্য লাগবেই। আর বাণপ্রস্থের জীবন ভাগ্যের হাতে ছেড়ে দেওয়াই ভালো। যার ভাগ্যে যা আছে, তা তো ঘটবেই। "

পিসিমণির কথাকে সমর্থন জানিয়ে অমিতাভ আঙ্কেল বললেন - " একদম ঠিক কথা বলেছেন। মানুষের সঙ্গে মানুষের যোগাযোগকে আমরা সব সময় সম্পর্ক দিয়ে জুড়ে থাকি। বাবা-মা, ভাই-বোন , স্বামী-স্ত্রী, সন্তান-সন্ততি মানুষ যে সম্পর্কেই আবদ্ধ হোক না কেন, সবার চেয়ে বড় সম্পর্ক হল বন্ধুত্বের সম্পর্ক। সব সম্পর্কের মধ্যে সবার আগে বন্ধুত্ব থাকতে হবে। এখানে আমরা যতজন বসে গল্প করছি, সবাই সবার বন্ধু। বন্ধুত্বের কোন মাপকাঠি হয় না। ছোট-বড়, গরীব-বড়লোক লাগে না। বন্ধুত্বের জন্য

একসাথে, এক ছাদের নিচে থাকারও কোন প্রয়োজন নেই। বরং এক ছাদের নিচে থাকলেই, অনেক সময় বন্ধুত্বে ভাঙ্গন ধরার একটা সম্ভাবনা থাকে। দূরে থাকলেই বন্ধুর বিপদে সবার আগে পৌঁছনো যায়। "

এই পর্যন্ত বলে অমিতাভ চক্রবর্তী একটু থামলেন। কেমন উদাস দৃষ্টিতে হিমায়েতের জলের ধারে হাঁটতে হাঁটতে এগিয়ে গেলেন। তারপর জলে টইটম্বুর হিমায়েতের দিকে চেয়ে আপন মনে বলে গেলেন - " এই জগতের যা কিছু ভালো, যা কিছু সুন্দর সব মন প্রাণ ভরে, অনুভূতি দিয়ে উপলব্ধি করো, দেখবে জীবনটা কিভাবে কেটে যাবে, নিজেই টের পাবে না। "

মনসা হিলসে ফিরে, বিছানায় শুয়ে, চোখ বন্ধ করে রাতুল ভাবলো, জীবন সম্পর্কে এই প্রথমবার এক আশ্চর্য অভিজ্ঞতালাভ হল তার। তবে সবই শ্রীশৈলমের বাবা মল্লিকার্জুন, মাতা ব্রহ্মারম্ভা এবং সাক্ষী গণেশ দর্শনের পুণ্যফল।